아버지는 늘 두 번째였죠

# 아버지는 늘 두 번째였죠

윤문원 지음

나는 당신을 위해 이 책을 썼습니다.

삶의 무게에 짓눌려 있는 당신에게,

힘겨움과 외로움과 고독감을 느끼고 있는 당신에게,

자식을 가슴속에 묻은 당신에게,

이 책을 바칩니다.

당신은 아직 슬픔에 젖어 있을 때가 아닙니다.

당신은 아직 외로움을 느낄 때가 아닙니다.

당신은 아직 꿈을 내던져 버릴 때가 아닙니다.

당신은 시골의 느티나무처럼

비탈길에 떡 버티고 서 있는 나무처럼

덕을 베푸는 아버지라는 크나큰 이름입니다.

자신감과 새로운 용기와 희망의 빛을 발견하기 바랍니다.


남편을 이해하려는 당신은,

그에게 들려줄 위로와 새로운 용기의 메시지를 생각하세요.

아버지에 대한 추억에 젖어 있는 당신은,

새록새록 그 시절이 다시금 상기될 것입니다.

아버지에 대한 감사의 정을 느끼고 있는 당신은,

따뜻한 정을 다시금 느낄 것입니다.

아버지에 대한 회한에 젖어 있는 당신은,

뼈저린 후회와 눈물을 흘릴 것입니다.

자녀들의 생각과 사고를 이해하고자 하는 당신에게

솔직한 그들의 말을 들려줄 것입니다.

'이렇게 해 주었어야 했는데' 하고 생각하는 당신에게

자녀들에 대한 후회의 고백서가 될 것입니다.

자녀들에게 살아가는 지혜와 용기를 주고자 하는 당신에게,

아버지인 당신의 목소리를 대변할 것입니다.

꿈을 키우려는 당신에게,

용기와 희망을 불어넣을 것입니다.

꿈을 이룬 당신은,

아버지의 격려와 희생을 깨닫게 될 것입니다.

가족 간에 갈등을 겪고 있는 당신에게

사랑이라는 해결책을 제시할 것입니다.

가족 간의 깊은 정과 훈훈한 사랑 이야기가

우리의 영혼에 생기를 불어넣을 것입니다.


가족 간에 사랑이 충만한 미래를 꿈꾸면서.

윤문원

# 차 례

# 새벽 다섯 시



아버지는 늘 두 번째였죠

40대 중반이 된 딸이 친정아버지 생일 선물로 최신형 휴대폰으로 바꿔드렸다. 딸에게는 휴대폰이 없던 시절에 전화에 얽힌 아버지의 따뜻한 사랑이 가슴 깊이 자리 잡고 있다.

아버지는 딸에 대한 사랑이 남달랐지만 그 깊은 사랑을 감춘 채 넌지시 표현하곤 했다.

딸이 학창 시절에 밤늦은 시간까지 집에서 공부를 하고 있으면 아버지는 주무시지 않고 기침 소리로 자신의 존재를 알렸다. 그러면서 어머니에게 "공부하고 있는 아이한테 미숫가루라도 좀 타서 갖다 주면 안 되나" 하는 목소리가 들려오곤 했다. 아버지는 가끔 위인전 등 책을 사서 책상 위에 올려놓으시고 아무런 말씀이 없었다. 고등학교 졸업 무렵 딸 자신보다도 아버지가 먼저 서울에 있는 대학 진학을 주장했다.

딸의 결혼식 하루 전날에 아버지는 많은 눈물을 딸 몰래 흘렸다. 하지만 정작 결혼식 당일에는 애써 미소를 지으며 딸의 손을 잡고 입장하였다. 딸의 손을 놓고 사위에게 인계하면서 "잘 부탁하네"라는 한 마디만을 건네며 고개를 숙였다.

딸은 친정과 한 시간 정도 떨어진 곳에 신혼살림을 차렸다. 딸이 임신을 했다. 아버지는 예전에 아내가 딸을 임신했을 때 했던 것처럼 이제는 임신한 딸을 위하여 잉어를 고아 부지런히 날랐다. 딸이 외손녀를 낳자 아버지는 가물치를 사서 손수 고우면서 아내에게 한마디를 건넸다.

"가물치를 몇 십 년 만에 고우네. 당신이 막내 임신했을 때 해 보고 처음 하는 것 아닌가 싶다. 이제는 그때 뱃속에 들어있던 그 아이가 아이를 낳아서 가물치를 고우니 이상한 기분이 드네."

아버지는 딸이 결혼한 지 삼 년이나 되었지만 마음이 안 놓이는지 자주 안부 전화를 했다. 휴대폰이 없던 시절에 딸의 집으로 걸려오는 전화의 대부분은 아버지의 전화로 채워졌다. 안부 전화의 핑계는 외손녀였다. 말을 배우느라 하루 종일 재재거리는 세 살짜리 외손녀와의 통화는 하루에도 몇 차례씩 오가기 일쑤였다.

그러던 어느 여름날 새벽 다섯 시쯤이었다. 딸은 갑작스런 초인종 소리에 깜짝 놀라 옆에 있던 남편을 깨우며 마음을 움츠리고 있었다. 이 때 바깥에서 익숙한 아버지의 기침소리가 들렸다. 딸은 얼른 대문을 열어보았다. 친정아버지께서 걱정스럽고 당황한 표정으로 서 계셨다. 뒤로 택시가 한 대가 서 있었다. 아버지께서 타고 오신 듯했다.

"아버지, 이 시간에 웬일……."

딸은 집에 무슨 안 좋은 급한 일이 벌어졌나 싶어서 놀란 마음으로 더듬거리며 말을 꺼내려 하였다. 그때 딸의 말이 채 끝나기도 전에 아버지는 안도의 표정을 지으며 조용히 한 마디만 건넸다.

"아무것도 아니다. 잘 있으니 됐다. 나 그만 간다."

"아버지, 아버지……."

딸이 제대로 인사할 겨를도 없이 아버지는 타고 온 택시를 타고 그 길로 집으로 되돌아가셨다.

'도대체 왜 새벽부터 오셨다가 금세 떠나신 걸까?'

딸은 아버지가 오신 연유를 알아보기 위해 친정으로 전화를 걸려고 전화기를 들었다. 그런데 전화기에서 아무런 신호음이 들리지 않았다. 딸은 고개를 갸우뚱하며 이리저리 살펴보고 전화 코드가 빠져 있는 걸 발견했다. 한창 개구쟁이 짓을 하는 세 살배기 딸아이가 전화 코드를 뽑는 장난을 또 친 것이었다. 코드를 꽂아 전화를 하자 친정어머니의 목소리가 들렸다.

"어제 너희 아버지 한 잠도 못 주무셨다. 그러니 난들 잘 수 있었겠냐? 한밤중에 가신다는 걸 억지로 말려 그나마 날 밝자마자 택시 잡아타고 가신 거다. 나 원……."

딸은 친정어머니로부터 그 말을 듣는 순간에 울컥 눈물이 배어 나왔다.

'아, 그랬었구나!'

친정아버지께서 밤늦게 딸집에 전화를 했는데 철없는 외손녀가 전화 코드를 빼놓은 것이었다. 그 때문에 여러 번 전화를 걸어도 받지를 않으니 무슨 일이 생긴 게 아닌가 하는 걱정으로 그렇게 밤잠을 설치고 새벽에 찾아오신 것이었다. 자다가 깬 부스스한 딸의 얼굴이었지만 무사함을 확인하고 나서야 안도의 한숨을 내쉬며 발길을 돌리신 것이었다.

딸은 그때를 생각하며 아버지께 휴대폰 문자 메시지를 보내고 자주 전화를 한다. 딸은 아버지께 선물한 최신 휴대폰에다가 문자 메시지를 보낸다.

'요금은 제가 부담하기로 되어있으니, 산책하면서 TV도 보시고 마음대로 전화하세요. 아버지 사랑합니다.'

# 02

# 약사발

딸이 낳은 첫 아이가 백혈병 진단을 받던 순간부터 딸은 삶의 의미를 상실했다. 그리고 남편의 통곡 소리와 함께 아이가 세상을 떠나던 날, 딸은 소리를 지르며 몸부림치다 입술이 터지고 온몸에 피멍이 들었다.

아이를 잃은 충격은 매우 컸다. 양가 가족들 모두 크나큰 슬픔에 잠겼고, 딸은 '이대로 한 줌 재가 되어 아이 곁에 뿌려지리라'는 생각에 가득 찬 채 몸져누웠다.

아이를 잃은 슬픔에 아무것도 먹지 못하고 울기만 하는 딸. 이제는 죽은 아이보다 딸 때문에 가족들의 근심이 깊어졌다.

"정말 안타까운 일이지만 아이는 또 가지면 된다고 마음 편하게 먹어야 돼. 이제 몸과 마음을 추서려야 해."

남편과 시댁 부모님과 친정 부모님이 아무리 위로를 해도 딸은 나아질 기미가 보이지 않았다. 멍하니 허공만 바라보기도 하고, 밥도 제대로 먹지 않았다.

“이런다고 달라지지 않잖아. 자, 어서 이거 한 술이라 뜨도록 해. 이제 그만하고 아가를 떠나보내자. 그래야 아가도 편한 곳에서 영원히 쉴 수 있잖아.”

남편 또한 지극 정성으로 돌보지만, 딸은 만사가 귀찮고 짜증이 났다. 자신이 왜 살아야 하는지 회의를 느낄 정도로 우울증에 시달렸다. 보다 못해 남편은 처가에 연락했다.

“며칠만 아내를 돌봐주셨으면 합니다. 통 먹지 못하고 저렇게 넋 놓고 있으니…….”

사위의 연락을 받은 친정아버지가 그 다음 날 이슬이 걷히기도 전에 딸집에 와서 부리나케 짐을 몇 가지 챙기고는 딸을 이끌고 친정집으로 데리고 왔다. 아버지는 딸을 방에 들게 하고 아무 말 없이 딸이 눕도록 방에 자리를 펴주고 나가서 약사발을 들고 다시 들어왔다.

“자, 이것 좀 마셔 봐라. 보약이다. 네가 오면 먹이려고 내가 밤새 다려 논 거다. 어서 마시고 기운 차려라.”

그러나 딸은 고개를 슬슬 저으며 기운 없이 말한다.

“어린 자식 보내놓고 내 몸 살피겠다고 어떻게 약을 먹겠어요. 아버지 마음은 알겠지만 그냥 가지고 나가세요.”

“그러지 말고, 딱 한 모금만이라도 마셔.”

아버지는 걱정이 가득한 눈으로 다시 한 번 권한다.

"안 먹는다니까요! 아버지가 제 맘 어떻게 아세요? 자식 잃은 제 맘 어떻게 아시냐고요!"

딸은 자식 마음도 몰라주는 아버지가 야속해서 결국 짜증을 내고 만다.

"뭐라고! 너도 죽은 아이 따라서 죽으려고 그러는 거야. 그래서 너도 네 아이가 한 것처럼 내 가슴에 못을 박으려고 그래? 네 어미 가슴에 가시 박으려고 하는가 이 말이다! 너한테 죽은 아이가 가슴 아리고 기막힌 자식이면 이 애비한테는 네가 그런 자식이란 말이야. 이 애비 마음을 그렇게도 모르겠어!"

아버지는 아버지대로 딸이 야속해 버럭 역정을 내면서도 목소리는 젖어 들고 있었다.

'아! 자식이 짊어진 고통의 무게만큼 아버지도 그 고통을 겪고 계셨구나.'

딸은 아버지 앞에서 오랫동안 목 놓아 울었다.

그날부터 얼마동안 딸은 친정집에 누워 쉬는데 잠결에도 군불 지피는 아버지의 손길을 느낄 수 있었다.

아버지는 몸도 가누지 못하는 딸을 일으켜 벽에 기대놓고 정성껏 달인 보약과 밥을 먹였다. 입에 밥술을 떠 넣을 적마다 마치

주문이라도 외듯 똑같은 말을 나지막이 중얼거렸다.

"너무 애달파 말거라. 세상엔 사람 힘으로 어쩔 수 없는 게 있는 거야. 그동안 자식 살리겠다고 얼마나 애간장이 탔겠냐. 어서 빨리 세월이 흘러야 네 맘이 편해 질 것인데…… 얼렁얼렁……."

# 03

# 가장의 어깨

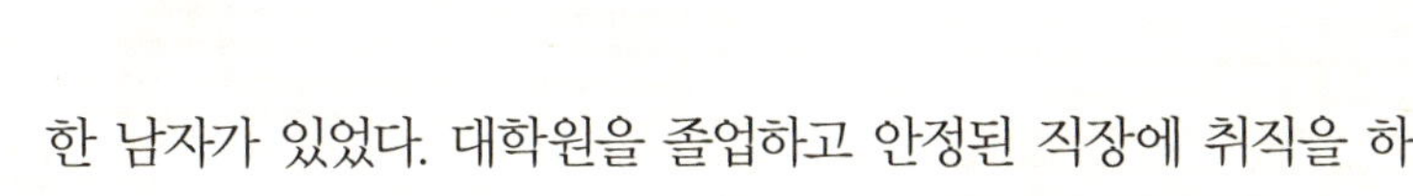

한 남자가 있었다. 대학원을 졸업하고 안정된 직장에 취직을 하고 결혼도 해 슬하에 아들도 두었다.

그는 직장에서나 가정에서나 행복했다. 억만금을 가진 건 아니었지만 남부럽지 않았다. 돈은 아무것도 아니라고, 가치의 척도가 되지 못한다고 큰소리를 치기도 했다. 아내에게도 아들에게도 늘 당당한 가장이었다.

하지만 어느 순간 점점 현실에 안주하는 자신이 싫었다. 내적으로나 외적으로나 좀 더 크게 성공하고 싶어서 남자는 회사를 그만두고 사업을 시작했다. 그의 바람대로 사업은 잘 되었다. 그런데 처음엔 잘 나가던 사업이 점차 내리막길을 걷기 시작했다. 얼마 지나지 않아 회사는 부도를 내고 급기야 문을 닫게 되었다.

사십 대에 들어선 나이에 남자는 무일푼이 됐다. 행복은 돈으로 살 수 없다고 생각한 남자였지만, 막상 이렇게 되고 나니 움츠러들었다. 여덟 살 난 어린 아들과 아내를 위해서라도 당장 수입

이 필요했다. 자신의 욕심 때문에 이렇게 된 것 같아 남자의 어깨
는 더욱 작아지기만 했다.

그렇다고 주저앉을 수는 없었다. 지켜야 할 가정이 있었고, 그
가정의 가장으로서 해야 할 일이 있었기 때문이었다. 남자는 대학
시절에 했던 신문 배달과 갖가지 아르바이트 경험을 살려 퀵 서비
스 배달부로 일하기로 결심했다.

"여보, 미안해. 괜한 욕심으로 당신 고생 시키네. 어떻게 해서든
우리 가정 다시 일으켜 세울 테니까 걱정 마. 일자리를 구했는데,
요즘 퀵 서비스가 그렇게 잘 된대. 그래서 나 그거 하려고. 하다가
잘 되면 우리가 직접 퀵 서비스 업체를 차려 볼 수도 있을 거야."

"내 걱정은 하지 말아요. 그나저나 당신도 이제 적지 않은 나이
인데……. 예전에 오토바이를 잘 탔다고는 하지만, 지금은 차도 많
고 매우 위험한 일이잖아요. 정말 괜찮겠어요?"

아내는 걱정이 되어 반대를 했다. 그런 아내를 잘 달래서 남편
은 퀵 서비스 배달원 일을 시작했다. 물건이나 서류를 배달하면서
혹여 아는 사람을 마주치게 될까 봐 항상 모자와 선글라스를 끼
고 다녔지만, 일 하나만큼은 쉬지 않고 열심히 했다. 하지만 남편
이 일하는 업체에는 생각보다 의뢰 들어오는 물량이 적어 수입이
시원치 않았다.

결국 퀵 서비스 일은 그만두고 중국 음식점 배달원으로 다시 취직했다. 어린 아들에게는 차마 자장면 배달을 한다는 말은 할 수 없었지만, 지금은 그저 무어라도 해서 식구들을 먹여 살릴 수 있다는 것만으로도 만족스러웠다.

아내는 이런 남편의 모습에서 깊은 감동을 받았다. 이전에 좋은 직장에도 다니고 사업도 한 사람이다. 그런데 쓸데없는 욕심 부리지 않고 자존심까지 굽혀 가며 가족들을 위해 노력하고 있는 것이다. 익숙지 않은 일에 힘도 들고 피곤도 할 테지만 남편은 내색 한 번 하지 않았다. 가만히 보고 있을 수는 없었다. 아내는 혹시라도 남편의 짐을 덜어줄까 싶어 일을 시작했다. 광고 전단지를 돌리는 일이었다.

어느 추운 겨울날, 남편은 음식 배달 중에 멀리서 아내가 광고지를 돌리는 모습을 보았다. 그때 얄궂게도 바람이 휙 불어 조그마한 손수레에 담겨 있던 광고지가 이리저리 흩날렸다. 아내는 흩날리는 광고지를 줍느라 이리저리 바삐 뛰어야 했다.

그 모습을 바라보던 남편은 가슴이 싸해지며 속이 상했다. 하지만 자신이 선뜻 나서서 도와줄 수가 없었다. 남편은 아내가 전단지 돌리는 일을 하고 있는 줄은 몰랐다. 지금 자신이 나서면 아내가 무안해할 것 같았다. 그저 멀리서 물끄러미 바라보는 사이 아내는 흩어진 전단지를 수습해 손수레를 밀며 그 자리를 떠나고 있었다.

남편의 눈에서 왈칵 눈물이 쏟아졌다.

'바보같이 이게 무슨 꼴이야. 사내자식이 되어서 부인 고생이나 시키고……. 미안해 여보, 당신 고생하지 않도록 내가 더 열심히 일할게. 우리 아들을 위해서라도 당연히 그래야지.'

아내는 퇴근하는 길에 남편이 일하는 중국집 앞에서 전화를 걸었다. 매서운 날씨에 오토바이를 타고 일하는 남편을 위해 재래시장에서 산 털장갑과 목도리, 귀마개를 선물했다. 털장갑을 끼고 목도리를 하고 귀마개를 하니 한결 더 따뜻하고 추위에도 끄떡없을 것 같았다. 그러나 아내의 그 마음이 남편에겐 더 따뜻했다.

일을 마치고 집으로 돌아가는 길, 남편은 붕어빵 한 봉지를 샀다. 아내와 아들은 그 붕어빵 한 봉지만으로도 마냥 행복해했다.

예전에 잘 살았을 때에 비하면 지금의 삶은 힘들고 어렵다. 그렇지만 여전히 가족은 서로 사랑하고 있었다. 어려울수록 더 애틋한 사랑으로 서로를 보듬고 살았다. 힘들어도 간간히 웃을 수 있는 건 바로 이러한 사랑이 주는 희망 때문이었다.

남편은 예나 지금이나 변함없이 당당한 남편, 당당한 아빠가 되고 싶었다. 지금은 단지 더 멀리 도약하기 위해 움츠러든 것일 뿐

절망할 이유는 하나도 없다.

남편은 오늘도 가족을 위해서라면 기꺼이 짐을 지고 세상을 향해 나아갈 각오를 다지고 있었다.

# 04

# 짱돌

딸이 초등학교 4학년일 때 어머니가 예쁜 꽃무늬 원피스와 신발을 사 주었다. 마음에 쏙 든 딸은 친구들에게 자랑하고픈 마음에 잠을 설쳤다. 평소보다 일찍 일어나 새 옷과 새 신발로 차리고 총총걸음으로 등굣길에 나섰다.

그런데 전날 봄비가 와서 길에 파인 웅덩이마다 빗물이 고여 있었다. 그때 저만치에 평소 딸을 못살게 굴던 같은 반 녀석이 보였다. 원래 그 녀석은 동네 골목대장이기도 했다.

그 녀석이 딸을 보더니 눈이 샐쭉해졌다. 딸이 새 옷을 입은 걸 알아본 것이다. 그 녀석은 갑자기 다가와 큼지막한 돌을 주워 딸이 웅덩이 주변을 지날 때 힘껏 던져 넣었다.

"풍덩!"

웅덩이의 물이 튀어 올랐다. 딸의 예쁜 원피스와 신발은 흙탕물 범벅이 되었다. 골목대장은 혀를 내밀고 줄행랑을 쳐버렸다. 딸은 분한 마음에 땅바닥에 주저앉아 발을 동동 구르며 눈물을 쏟아냈다.

잠시 후 딸은 일어나 흙 범벅이 된 새 옷을 갈아입기 위해 집으로 돌아왔다. 집으로 돌아온 딸의 모습을 보고 아버지와 어머니는 화들짝 놀랐다. 울음을 터트리는 딸에게 아버지가 물었다.

"이게 어찌 된 일이고? 너 누구하고 싸웠나?"

"우리 반에 종호라는 애가 있는데 나만 보면 놀리고 괴롭혀요. 오늘도 학교 가는데 그 녀석이 일부러 물웅덩이에 돌을 던져 이렇게 젖게 해놓고 놀리면서 도망쳐 버렸어요. 내가 새 옷 입은 걸 알았나 봐요."

아버지의 표정이 굳어지는 순간 어머니가 옷을 갈아입자면서 딸을 데리고 방으로 들어갔다. 그 사이 아버지는 장독대에 소원을 빌기 위해 쌓아 놓았던 돌무더기 중에서 돌 하나를 주웠다. 소위 말하는 '짱돌'이었다.

딸은 다시 등교하기 위해 마당을 나섰다. 이때 아버지가 온화한 미소를 지으며 딸에게 다가갔다. 아버지는 딸의 어깨를 다정히 감싸며 딸의 손에 자신이 쥐고 있던 돌을 쥐어 주었다. 딸은 자신의 조막손에 쥐어진 무언가 차갑고 묵직함을 느끼며 손을 펴 살펴보고는 아버지를 쳐다보면서 말했다.

"아버지……?"

"아무 이유 없이 너 괴롭히는 그놈아 말이다. 힘으로 안 되겠거든 이것 가지고 때려라. 뒷일은 걱정하지 말고……."

딸은 한껏 고무된 표정을 지으면서 고개를 끄덕이고는 그 '짱돌'을 책가방에 집어넣고 학교로 갔다,

교실에 들어가서도 골목대장 녀석은 계속 딸을 놀리며 괴롭혔다. 화가 난 딸은 "야! 너 수업 끝나고 뒷동산에서 보자!" 하고 소리쳤다. 주위 반 학생들은 놀라는 표정을 지었고, 골목대장 녀석은 코웃음을 치면서 "그래 좋다! 내 꼭 갈게" 하고 대답했다.

딸과 골목대장은 수업이 끝나고 학교 뒷동산에서 만났다. 구경하러 온 학생도 많았다. 순간 딸은 조금 겁이 나기는 했지만 주머니에는 아버지가 주신 '짱돌'이 들어 있었다. 주머니에 손을 넣어 '짱돌'을 만져보니 용기가 났다. 딸이 당당한 태도로 먼저 말을 걸었다.

"네가 뭔데 자꾸 나를 괴롭혀? 대체 뭣 땜에 그러는 거야?"

"하고 싶어서 그런다, 왜?"

"하고 싶다고 괴롭히면 되나?"

"그러면 어떻게 할 건데? 너 나한테 이길 수 있나?"

"내가 너한테 못 이길 줄 아나?"

"그래 네가 나한테 이긴다고? 어디 한번 붙어 볼래?"

골목대장이 먼저 멱살을 잡고 넘어뜨리려고 하자 딸은 안간힘을 쓰며 버텼다. 그랬더니 골목대장이 딸의 얼굴에 주먹을 날렸다. 얼굴에서 뭔가 뜨뜻해져 손으로 쓸었더니 피가 묻어났다. 코피가 터진 것이었다.

순간 딸은 골목대장의 멱살을 잡고 주머니의 '짱돌'을 꺼내 이마를 내리쳤다. 골목대장이 머리를 움켜쥐고 몹시 아픈 표정을 지었다. 구경하던 애들은 모두 놀라 쥐 죽은 듯 조용하고……. 딸은 의기양양한 표정을 지으며 골목대장을 향해 말했다.

"자, 어디 계속 붙어 볼래?"

기가 죽은 골목대장은 딸을 흘겨보다 머리를 감싸고 있던 손바닥을 펼쳤다. 피가 묻어 있으니 겁이 났는지 뒷걸음치며 도망갔다, 딸이 그 뒤에 대고 소리쳤다.

"야, 이제 한 번만 더 그래 봐라! 내 진짜 가만히 안 둘 거다!"

집으로 오는 길에 딸은 논둑의 개울에서 싸우다 헝클어진 얼굴을 씻었다. 한결 개운한 표정을 지으며 집으로 돌아온 딸의 기분을 알아차린 아버지가 물었다.

"그래, 학교에서 무슨 좋은 일이라도 있었나? 너 괴롭히던 애는 어떻게 됐어?"

그때 갑자기 문 밖이 시끌시끌해졌다.

“이 집 맞나? 이 집이 돌로 너 머리를 찍었다는 그 애 집이야?”

골목대장이 자기 어머니를 데리고 딸의 집으로 온 것이었다. 딸은 얼른 부리나케 뒷간으로 뛰어들어 숨었다. 골목대장 어머니는 들어오자마자 아버지한테 다짜고짜 따졌다.

“이거 봐요. 멀쩡한 아이를 이래 놓고 어떻게 하려고 그럽니까? 무슨 어린 여자 아이가 돌을 가지고 싸움을 해. 아이구야, 공부는 잘한다는 애가 뭐가 되려고 그러는지 모르겠네. 여자 깡패 두목이 되려고 그러나.”

“아이들끼리 싸우다 보니…….”

“뭐라고요? 아이들 싸움에 그랄 수도 있다고요? 돌로 내리 찍어도 되는 겁니까?”

“된다는 것이 아니라……. 우리 딸이 힘도 달리고 하여 돌을 쓴 모양인데, 치료비는 물어 줄 테니 이해하세요. 어쨌든 미안하게 됐습니다.”

그때 아버지가 골목대장 녀석에게 물었다.

“너는 왜 아무 이유 없이 우리 딸을 괴롭혀?”

질문을 받은 골목대장은 좀 놀랐는지 순간 멈칫하더니 머뭇거리며 대답했다.

“좋아해서 그랬습니다.”

이 말을 듣고 있던 골목대장 어머니가 자신의 아들에게 꿀밤을 한 대 먹였다.

"뭐여! 좋아해서? 야, 이놈아! 무슨 놈의 자식이 좋아하는 아이를 괴롭혀? 그래 너 아무 이유 없이 이 집 아이 괴롭혔나?"

"예."

골목대장 어머니가 딸의 아버지에게 말했다.

"말 들으니 우리 집 아이가 먼저 잘못한 거 같으니 없던 일로 하고 앞으로 잘 지내게 하십시다. 치료비는 괜찮습니다. 연고 바르고 반창고 붙이면 나을 겁니다. 우리 그냥 갑니다."

"어쨌거나 미안하게 되었습니다. 살펴가세요."

뒷간에 숨어 있던 딸이 미안한 표정을 지으며 슬금슬금 아버지 앞에 나타났다.

"아버지, 미안합니다."

하지만 아버지는 웃으면서 오히려 격려하는 말을 던졌다.

"괜찮다. 앞으로도 네가 아무런 잘못이 없는데 괴롭히는 사람이 있으면 치료비는 걱정 안 해도 된다. 알겠나?"

딸은 지금 성인이 되어 어려운 일이 있을 때마다 짱돌을 안겨 준 아버지의 그 든든한 언덕을 생각하면서 용기를 내고 있다.

# 넘어짐

어린 남학생들의 달리기 시합이었다. 선수들이 출발선에 섰다. 운동장 양쪽에선 아버지들이 자신의 아들들을 응원하고 있었다. 소년들은 저마다 아버지에게 자신이 1등하는 모습을 보여 주고 싶었다. 드디어 출발 신호가 울리고 선수들은 앞으로 달려 나갔다.

그중 한 소년이 선두를 달리고 있었다. 소년의 아버지 역시 많은 학부형들 속에서 응원하고 있었다. 그런데 속도를 내어 약간 내리막진 운동장을 지나 얕은 웅덩이를 뛰어넘는 순간 우승자가 되리라고 생각했던 어린 소년은 그만 발을 헛디뎌 미끄러졌다. 중심을 잡으려고 하다가 소년은 그만 두 팔을 헛짚으며 바닥에 얼굴을 문지르고 말았다. 관중들이 웃음을 터트렸다.

이제 소년은 우승자가 될 수 없었다. 창피한 나머지 어떻게든 그 자리에서 달아나고 싶었다. 하지만 소년이 넘어지는 순간 그의 아버지가 확신에 찬 얼굴로 일어섰다. 그 얼굴은 소년에게 분명한 목소리로 말하고 있었다.

"일어나서 달려라!"

소년은 벌떡 일어났다. 다친 데는 없었다. 조금 뒤쳐진 것뿐. 그게 전부였다. 그는 뒤쳐진 것을 따라잡기 위해 온 마음을 달렸다. 얼른 다른 아이들을 따라잡아 우승자가 되겠다는 생각이 너무 강한 나머지 마음이 다리보다 더 빨리 달렸다. 그래서 그는 또다시 넘어지고 말았다. 아까 포기했더라면 한 번밖에 창피를 당하지 않았을 것이라고 소년은 생각했다.

"난 이제 달리기 선수로서 희망이 없어. 다신 경주에 참가하지 말아야 해."

하지만 군중의 웃음소리 속에서 소년은 아버지의 얼굴을 발견했다. 그 확신에 찬 얼굴이 다시 말하고 있었다.

"일어나서 어서 달려라!"

그래서 소년은 또다시 벌떡 일어났다. 맨 꼴찌에서 달리는 아이보다 열 걸음 정도 뒤쳐져 있었다. 소년은 생각했다.

'저 거리를 따라 잡으려면 정말 빨리 달려야 하겠어.'

온 힘을 다해 달린 끝에 소년은 금방 그 거리를 따라잡았다. 하지만 선두까지도 따라잡으려고 애쓴 나머지 또다시 미끄러져 넘어지고 말았다. 소년은 그곳에 엎어져 있었다. 눈물이 볼을 타고 흘러내렸다.

'이대로 계속 달리는 건 무의미해. 세 번이나 넘어졌으니 이젠 가망이 없어. 다시 시도한다는 건 쓸데없는 짓이야.'

일어나고픈 의지가 사라지고 모든 희망이 달아났다. 너무 뒤쳐졌고, 너무 실수투성이다. 어쨌든 패배자가 되었다. 그는 생각했다.

'난 졌어. 앞으로도 창피함을 안고 살아가게 될 거야.'

하지만 그때 소년은 곧 마주칠 아버지의 얼굴을 생각했다.

"일어나라!"

낮게 메아리치는 소리가 들렸다.

"일어나서 네 책임을 다해라. 넌 여기서 포기해선 안 돼. 일어나서 어서 달려라."

그 목소리는 소년에게 새로운 의지를 심어주고 있었다.

"일어나라. 넌 결코 패배하지 않았어. 승리한다는 것은 다른 게 아니야. 넘어질 때마다 일어나는 것이 진정한 승리이지."

그래서 소년은 또다시 일어났다. 이기든 지든 최소한 중단하진 않겠다고 소년은 새롭게 결심했다. 이제 다른 아이들에 비해 너무 뒤쳐져 있었다. 여태껏 이렇게 뒤쳐져 본 적이 없었다. 그래도 그는 자신이 갖고 있는 온 힘을 다해 마치 우승을 노리는 사람처럼 달렸다. 세 번이나 그는 넘어졌지만 세 번 모두 일어났다. 우승의 희망을 갖기에는 너무 뒤쳐져 있었으나 그래도 끝까지 달렸다.

우승자가 결승선을 통과하는 순간 관중은 환호의 박수를 보냈다. 1등을 한 선수는 자랑스럽게 고개를 쳐들고 행복한 미소를 지었다. 넘어지지도 않았고 창피를 당하지도 않았다. 하지만 세 번이나 넘어졌던 소년이 맨 꼴찌로 결승선에 들어서는 순간 관중은 일제히 일어서 더 큰 환호를 보냈다. 소년이 비록 고개를 숙이고 자신감을 잃은 채 마지막으로 들어오긴 했지만 관중의 박수소리로 따지면 소년이 곧 우승자였다. 아버지에게로 다가간 소년은 풀이 죽어서 말했다.

"잘 해내지 못해서 죄송해요."

소년의 아버지가 말했다.

"나한테는 네가 우승자다. 넌 넘어질 때마다 일어났어."

# 06

# 딸의 일기
# 아빠의 일기



아버지는 늘 두 번째였죠

딸의 일기

난 아빠와 단 둘이 살아가고 있다. 엄마는 내가 세살 때 돌아가셨다. 얼굴하나 기억 못한다.

언제나 잔소리만 하고 한쪽 눈 시력을 잃은 장애인 아빠가 싫다.

"정희야, 밥 먹어야지."

오늘도 아버지의 잔소리는 시작된다.

꼭 엄마 없는 티를 저렇게 내고 싶을까? 정말 창피해서 같이 못 살겠다. 집에 오면, 항상 앞치마를 매고 있는 아빠의 모습이 정말 지긋지긋하다. 여건만 된다면 나 혼자 살고 싶다.


우리 집은 무척이나 가난하다. 난 가난을 만든 아빠…… 그래서 아빠가 더 싫은가 보다.

방도 하나라서 내가 방을 쓰고 아빠는 거실에서 주무시고 생활한다. 10평 남짓 되는 우리 집. 난 너무 창피하다.

아빠께서 자주 속이 쓰리다고 한다. 난 그럴 때마다 그냥 모른 체 해왔다.

오늘도 어김없이 아침부터 아빠와 티격태격했다. 아니 나 혼자 일방적으로 화내고 함부로 대했다. 그러고는 밖으로 뛰어나왔다.

아빠가 병원에 계신다고 학교로 전화가 왔다. 난 병원으로 가면서 만날 위궤양으로 3년이 넘은 기간 동안 병원 신세만 지는 아빠가 귀찮게만 느껴졌다. 난 간호사에게 아빠의 이름을 대고 입원실을 물어보는 순간 너무 놀라고 말았다.

"돌아가셨어요. 정희가 누구예요? 자꾸 정희 이름만 불렀어요. 너무 안타까웠죠."

"정희요? 저예요. 바로 저라고요."

장례를 치르고 집으로 돌아왔다.

밤을 새면서 아빠의 유품 정리를 했다. 거실에 걸려 있는 아빠 옷 사이에 끼어 있는 작은 노트……. 위암 선고를 받고 난 뒤인 3년 전부터 쓰기 시작하신 걸로 보였다. 공책 여덟 권에다 꼼꼼히 적어 놓으셨다. 그리고 휴대폰 바탕 화면은 딸 사진으로 깔려있으며, 딸의 전화번호는 '사랑하는 딸'로 저장되어 있었다.

정희야, 오늘 병원에 갔었는데 암이란다.

암이 뭔지 알지? 괜찮겠지? 정희야 아빠 괜찮겠지? 아빠 낫고 싶어. 아빠 너와 함께 이렇게 너와 함께 한 집에서 살고 싶어.


정희야, 오늘 병원에 갔었거든. 그런데, 빨리 수술을 해야 한대. 수술비도 많이 든다고 하더라.

너 예술고등학교 가는 것이 소원이지? 공부도 잘하고 피아노도 잘 치니까 아빠가 수술하면 그 꿈도 무너지겠지?

아빠 수술하지 않기로 했어. 하지만 아빠 정희 곁을 떠나지 않아.


정희야, 아빠 널 정말 사랑했어.

아빠 통증이 너무 심해져 가고 있어. 너무 아파 정희야. 하지만 우리 정희를 보면서 견뎌 내야지. 아빠가 제일 사랑하는 우리 딸 정희를 위해서 말이야.

정희야 넌 아프지 말거라. 건강해야 한다.

그동안 이 못난 아빠를 생각해 주면서 잘 따라줘서 고맙다.


정희야 아빠 이제 남은 시간이 얼마 없는 것 같다.

정희야 너는 항상 아침밥 안 챙겨 먹지? 아빠 없어도 아침밥은 먹어야 해. 그래야 하루가 든든하지. 그리고 조금만 일찍 일어나서 도시락을 꼭 싸 가지고 다녀라. 응?

밤엔 꼭 집 문 걸어 잠그고 자고.

이 넓은 세상에 너 혼자 두고 떠난다는 게 마음이 아파. 정말 미안해 정희야. 못난 아빠를 용서해 달라는 말은 하지 않을 게. 그냥 행복해라. 정희야.


아빠 청바지 뒤져보면 거기에 너 고등학교 다닐 수 있는 예금통장이 있을 거야. 또 대학교도 이 돈으로 원하는 대학을 다닐 수 있었으면 좋겠어. 얼마 되진 않지만 아빠가 그래도 하느라고 해서 모은 거니까 그냥 받아줬으면 좋겠다.

아빤 정희 지켜볼 거야. 사랑한다. 내 딸 정희야!

딸의 일기

아빠! 아빠의 얼굴에 쓴웃음이 가득할 때 어찌 그러했는지 물어보지도 않은 철없는 딸을 용서해 주세요. 나를 바라보고 시름을 잊었던 것을 이제야 알았어요.

살아 계시는 동안 외롭게 사셨던 우리 아빠! 그 넓고 깊었던 마음을 헤아리지 못한 이 못난 딸을 용서해 주세요. 따뜻한 나의 말 한마디가 약이었음을 이제야 알았어요.

세상 사람들이 장애인인 아버지 마음을 흔들어 놓아 힘겨워 할 때 그 모습이 싫어 짜증냈던 버릇없는 이 딸을 용서해 주세요. 나 때문에 꿋꿋하게 버티었음을 이제야 알았어요.


나만 위해주고 나만 지켜주던 아빠인데……. 너무너무 밉게 굴어도 다 받아주시고 웃기만 하시던 아빠인데……. 나 이젠 어떻게 해요?

아빠 그곳에선 이제 행복하시죠? 그곳에서도 병원 다니세요? 그곳에서는 아프지 마세요.

혼자 있을 나를 걱정하면서 훌훌 털고 가시는 것을 두려워하신 아빠! 그곳에서는 나 같은 못된 딸 잊어버리세요. 그리고 편히 행복하게 쉬세요. 사랑해요 아빠.

아빠! 꿋꿋이 살기를 당부한 아빠의 마지막 말씀처럼 나 웃으면서 살려고 그래요.

그런데 아빠! 자꾸 눈물이 흘러요. 나도 자꾸 마음이 아파 와요. 나 너무 무섭고 두려운데 어떻게 해야 해요?

전처럼 웃으면서 그렇게 내 옆에서 있어줄 수는 없는 거예요? 정말 그런 거예요. 나 웃을 수가 없단 말이에요.

나 갈 때까지 기다려요 아빠. 내가 가면 이제 좋은 딸 될게요. 꼭 기다리세요. 아빠…….

# 07

# 뒷모습과 헛기침

아버지의 뒷모습은 아들의 마음속에 아름다운 풍경으로 아로새겨져 있다.

농부였던 아버지가 이른 새벽안개를 헤치고 이슬을 밟으며 지게를 지고 논둑길을 걸어가는 뒷모습은 골똘하고 성실하며 올곧고 정직했다. 문득 멈춰 서서 한없이 먼 곳을 응시할 때면 마치 아버지의 발가락 사이에서 뿌리가 돋아나 그대로 돌이 되고 나무가 된 모습이었다.

봄이면 저 멀리 아지랑이 사이로 아버지의 나뭇짐이 흔들거린다. 나뭇짐 가득 쌓인 지게 위로 기나긴 겨울의 끝을 알리는 연분홍 진달래가 나풀거리며 춤을 추었다. 그 시절 나뭇짐에 곁들여온 진달래꽃을 자식들에게 한 아름 안겨 준 것은 애틋한 아버지의 마음이었다.

아버지의 한여름 풀 짐 속엔 사랑이 담겨 있었다. 올망졸망 1남 4녀를 생각하며 지게 깊숙이 참외를 찔러 놓고 올라치면 어떻게 알았는지 5남매는 연신 코를 킁킁거리며 단내를 맡았다. 욕심꾸러기 동생이 제일 크고 잘 익은 참외를 남이 볼세라 냉큼 감추고 다른 동생들의 참외에 눈독을 들이며 입맛을 다신다. 그러다 며칠이 지나면 비밀 장소에선 익다 못해 곯아빠진 참외 냄새가 코를 찌른다.

“예끼 이 녀석!!……”

맵지 않은 꿀밤 한대와 한여름 따가운 햇볕에 그을린 아버지의 눈가에 잔주름이 부챗살처럼 퍼진다.

가을걷이가 끝나고 바쁜 일손이 멈추면 아버지는 지게에 낫을 비스듬히 꽂고 발걸음을 산으로 향한다. 수십 년 길러 온 나무를 차마 벨 수 없어 죽은 삭정이를 거두어들이면 어느새 삭정이는 산을 이루고 지게의 열배는 됨직한 삭정이를 가뿐히 지고 아버지는 성큼성큼 산을 내려온다.

한나절이 지나 소나무 삭정이를 지게에 한가득 짊어지고 내려오는 아버지는 무엇이 즐거운지 연신 콧소리를 흥얼거린다. 나무광에는 어느새 삭정이가 쌓이고, 땔감을 걱정하던 어머니의 시름도 잦아든다.

늦가을에 추위가 다가오면 아궁이에 마른 삭정이를 넣어 불을 피우고 미처 마르지 않은 생솔가지를 뚝뚝 꺾어 넣었다. 이내 생솔가지에서 매운 연기를 뿜어낸다. 어머니는 노련한 몸짓으로 매운 연기를 피해 아궁이의 불을 지핀다. 매운 연기 사이로 은은한 소나무 향이 베어 난다. 아버지의 등짐은 언제나 그렇게 따뜻함을 만들어 주었다.

그런 아버지에게 아들은 어릴 때부터 몹시 여위고 병치레를 자주해서 걱정을 끼쳤다. 읍내에 나가야 한둘 있었던 병원을 제 집 드나들 듯 하는 아들을 언제나 애처로운 눈길로 바라보던 아버지, 병든 배추 잎사귀 같이 심하게 야윈 몸에 복통이라도 일어나면 아버지는 그 넓은 등을 아들 앞에 쓱 내밀었다.

"어서 내 등에 업혀!"

아파서 온 방을 헤매다가도 아버지가 큰 등을 내밀면 이끼처럼 바싹 달라붙어 축 늘어져 잠이 들곤 했다. 아버지의 등은 든든하고 포근했다.

고통과 걱정으로 아버지의 얼굴에 하나 둘 주름을 새겨 넣었고 그 주름이 늘어나면서부터 아들은 그림자처럼 늘 아버지의 곁을 따라 다녔다. 학교 운동회 때에는 자식으로서의 자랑스러움도 보여주지 못한 것이 아들의 가슴엔 깊은 못이 되었다.

아버지의 헛기침 소리는 아들의 마음속에 새겨져 있는 아름다운 소리다. 흙이 누렇게 밴 손에 삽자루를 쥐고 돌아와 대문간에서 한 번, 뒷마루에서 한 번, 톡 던지는 헛기침 소리는 말없이 묵묵한 아버지가 어머니와 자식들에게 당신의 건재함을 알리는 짧고 굵은 신호였다.

아들에게 있어서 아버지의 뒷모습에 얼마나 많은 말이 쓰여 있었는지 기침소리 하나에 얼마나 깊은 사랑이 담겨 있었는지는 한참 후에야 알았다. 자신이 결혼하여 자식을 낳고 아버지가 되고 자식을 장성시켜 놓은 뒤였다.

세상에서 제일 먼 길이 머리에서 가슴으로 가는 길이라는 말이 있듯이 가슴으로 아버지의 사랑을 느끼는 일은 그렇게 오래 걸렸다.

# 08

# 사진과 명심보감

아버지는 남의 집 소작 농사를 지었다. 고약하기로 소문난 땅주인 때문에 때로는 곤혹을 치르기도 했다. 그럴 때면 어린 아들 곁에 앉아 가난을 대물림하지 않아야겠다는 간절한 소원을 다시 한 번 다짐했다.

"공부라도 시켜놔야 그걸 밑천 삼아 살아가지 않겠어? 남의 땅 붙여먹고 살게 할 수는 없어. 가난은 내 대에서 끝나야지……."

한 번은 아버지가 읍내 5일장에 나갔다. 5일장 나들이에서 사 온 것은 뜻밖에도 책 2권이었다. 장돌뱅이 노점상들이 길가에 놓고 파는 〈토정비결〉과 〈명심보감〉이었다.

아버지는 행복할 것이 없는 자신의 삶에서 어떤 희망과 위로를 받고 싶어서 〈토정비결〉을 샀을 것이다. 〈명심보감〉은 어린 아들을 가르치기 위하여 사온 것이었다.

아버지는 자신도 잘 모르면서 〈명심보감〉에 실린 선현들의 귀한 가르침을 어린 아들이 익히도록 열심히 독려했다. 그러나 어린 아들이 깨치고 배우기엔 너무 벅찬 책이었다. 다행히 인생을 선하고 바르게 살라는 귀한 뜻은 깨칠 수 있었다.

아직도 살얼음이 얼어 있는 2월, 아들의 초등학교 졸업식이 다가왔다. 아버지는 아들의 초등학교 졸업식에 참석하여 사진을 찍어주고 싶었다. 하지만 집에 사진기가 없어 아버지는 난감해했다.

졸업식이 끝나고, 학부모들은 저마다 자기 자식을 햇빛이 잘 드는 쪽에 세워 놓고 연신 카메라 셔터를 눌러 대고 있었다. 아빠와도 찍고, 엄마와도 찍고, 친구들과도 찍고…….

그 모습을 본 아버지는 순간 착잡했다. 자신도 아들의 사진을 찍어 주고 싶고, 함께 사진을 찍고 싶었다. 평생 한 번뿐인 아들의 초등학교 졸업식인데, 그 흔적을 남겨 두고 싶은 마음이 들었다. 하지만 그저 부러운 눈길로 다른 사람의 사진을 찍는 모습을 쳐다볼 수밖에 없었다. 순간 아들에게 미안해져 코끝이 시큰해졌다.

아들은 이런 아버지의 마음을 눈치 채고 아무렇지도 않다는 듯이 말했다.

"아버지, 졸업 앨범에도 사진이 있는데 사진 안 찍으면 어때요?"

"그래도……. 너하고 같이 사진 한 방 찍어야 하는데……."

아버지는 안면이 있는 동네 아저씨께 아들 사진을 한방 찍어달라고 부탁하였다.

"우리 집 애 사진 한 장 찍어 줘 봐. 사진 값은 찾을 때 줄께."

졸업식 꽃도 동네 아저씨의 아들로부터 빌렸다. 아버지는 미안한 마음에 아들과 함께 서 있는 사진을 한 장 더 찍어달라는 말을 못했다.

아버지는 졸업선물로 꽃 대신 꾸러미 하나를 아들에게 내밀었다. 그 속에는 영어사전과 알파벳이 그려져 있는 공책이 들어 있었다.

"공부 열심히 해야 한다. 내가 힘닿는 데까지 뒷바라지할 테니까……."

장사를 하는 어머니는 그날 일찍 일을 끝내고 아들과 함께 동네 자장면 집에 갔다. 입술과 턱까지 자장면 소스를 묻혀가면서 먹은 그 면발의 맛과 감촉을 잊을 수가 없었다.

며칠 후 동네 아저씨에게서 아들의 졸업 사진을 받아 온 아버지는 그 사진을 마냥 쓰다듬으며 즐거워하기도 하고 안타까워하기도 했다

"이 좋은 걸, 같이 하나 더 찍었으면 좋았을 텐데……."

몇십 년이 지난 지금도 앨범을 뒤져보면 그때의 사진이 있다. 활짝 웃는 모습이 아닌 약간 어색한 표정과 시선은 카메라를 보고

있는 것이 아닌 그 옆에 서 있는 아버지를 보고 있다.

아들에게는 제대로 찍힌 아버지의 사진이 없다. 오랜 노동과 천식으로 갑자기 돌아가셔서  미처 제대로 된 사진을 찍어 두지 못했기 때문이다. 가족 친지들과 함께 찍은 사진이 있지만 얼굴이 너무 작아서 확대 복사를 해봐도 생전의 아버지 인상이 온전히 살아나지 않았다.

아버지의 제대로 된 사진은 없지만 아들의 초등학교 졸업식 때 그렇게 아들의 사진을 남겨두고 싶어 한 아버지의 정성과 아들을 바르게 키우기 위해 5일장에서 사온 〈명심보감〉 선물에 대한 기억은 더 크고 뚜렷한 사진으로 남아있다.

# 유품

아들이 어릴 적 아버지는 술을 좋아하는 고주망태였다.

아버지는 늘 승산 없는 사업에 뛰어들어 가산을 탕진했고 비장의 무엇을 보여 주겠다고 큰소리치면서 집안은 거들떠보지도 않았다. 이런 아버지 때문에 어머니는 생활비를 마련하기 위해 정신 없이 일해야 했고 아버지에 대한 미움은 차츰 커져 갔다.

설날 하루 전날이었다. 아들은 밤늦게까지 아버지를 기다렸다. 설빔 선물을 기다린 것이다. 아버지는 온통 머리끝까지 술에 전 채로 신발과 과자 세트 봉지를 풀었다.

설날 아침은 차고 맑았다. 아버지는 할아버지가 쓰시던 탕건과 갓을 찾아 썼다. 버선을 신고 대님을 차고 마을 뒷산에 있는 조상 산소에 갔다. 산소를 이리저리 돌아보다가 아버지가 조끼 주머니 속에서 무엇인가를 꺼냈다.

고구마였다. 아들은 아버지가 건네주는 고구마를 솔밭 속에다 던져버렸다.

“설날에 고구마 먹는 집이 어디 있대요?”

10년이 지난 후 겨울 아버지와 등산을 떠났던 아들은 또다시 아버지가 중요한 행운들에 대하여 이야기하기 시작하자 “뜬구름 잡는 소리 그만하세요”라고 쏘아붙이고는 혼자 등산길에 올랐다. 그리고 몇 시간 뒤 등산에서 돌아온 아들은 심장마비로 돌아가신 아버지가 흰 눈 속에 누워 계신 모습을 보아야 했다.

아버지가 돌아가신 후 어머니는 아들에게 아버지의 유품과 옷가지들을 처리해 달라고 부탁했지만 아들은 창고에 쌓아 두고 차일피일 미뤘다. 아버지에 대한 기억을 당분간 떠올리기도 싫었기 때문이다.

그러다가 아버지 기일에 맞춰 유품을 정리하기로 했다. 아버지의 옷들을 정리하던 아들은 옷가지가 담긴 봉지에서 빨간 점퍼를 발견하였다. 아버지가 돌아가시기 직전에 입고 계셨던 옷이었다.

그때 일을 생각하며 착잡해진 심정으로 옷가지를 정리하기 시작했다. 그 속에는 언젠가 어머니가 아버지 생일 선물로 사드린 재킷이 있었다. 색깔이 야하다고 입지 않으려고 했던 아버지의 모습이 떠올라 입가에 미소를 짓게 했다.

재킷의 안주머니에서 무언가 손에 잡히는 것이 있었다.

아들은 그만 놀라지 않을 수 없었다. 그 속에는 옛날에 찍은 가족사진과 생일 등을 깨알 같은 글씨로 쓴 수첩이 들어있었다.

수많은 실패의 연속에서도 가족을 소중히 여기셨던 아버지 생각으로 아들은 재킷을 꼭 끌어안은 채 한동안 울먹였다.

세월이 흘러 아들이 대학에 입학한 아들을 둔 아버지가 되었다. 대학생 아들이 헬스클럽을 다니며 몸을 만든다고 하면서 밥보다도 고구마를 삶아달라고 했다. 그 옛날 고향 뒷동산 조상 산소를 돌아보면서 아버지가 건넨 고구마를 솔밭에 던져버린 일이 떠올랐다. 가슴으로부터 아버지 생각이 간절했다.

"아아, 아버지!"

# 10

# 재기

대기업 간부였던 아버지는 명예퇴직을 종용받고 회사를 나온 후 개인 사업을 시작했다. 그러나 불황의 한파를 견디지 못해 사업 실패의 쓴맛을 보았다. 아버지의 회사가 부도가 나자 가족들은 눈앞이 캄캄했다.

살던 아파트는 경매로 넘어가고 가족은 소도시로 이사했다. 음대에서 바이올린을 전공하던 큰딸은 학교를 휴학했고, 중학생인 막내딸도 정든 친구들과 헤어져 전학을 했다.

먹고 살 일을 걱정하던 가족들은 친지의 도움을 받아 작게나마 음식점을 하기로 했다. 엄마는 동태탕 가게로 성공한 이모로부터 음식 만드는 방법을 배워 주방을 책임졌다. 큰딸은 바이올린을 켜던 손으로 반찬 만드는 할머니를 도와서 양념을 만들고 음식을 나르는 일을 했다. 넥타이만 매던 아버지는 생전 해본 적이 없는 음식점을 운영하면서 남자의 손이 필요한 모든 잡다한 일을 도맡았다.

작은 가게에서 온 가족이 부대끼며 열심히 일했지만, 손에 익지 않은 일이라 고생도 많았다. 아버지가 언 동태를 어설프게 토막 치는 모습을 볼 때면 엄마와 큰딸은 괜스레 눈물이 났다. 아버지는 자신 때문에 고생길로 들어선 가족이 애달파 마음이 아팠다. 묵묵히 따라주는 가족은 더 없이 든든하고 고마웠다.

하지만 손님들 성화에 못 이겨 큰딸이 눈물을 훔치는 모습을 볼 때면 아빠의 가슴은 미어졌다. 한창 꿈도 많고 하고 싶은 것도 많을 나이인데……. 바이올린을 켜던 그 곱던 손의 자취는 이제 찾아볼 수가 없었다.

식당 일을 마치고 건물 3층에 있는 살림집으로 돌아왔다. 아버지는 큰딸에게 다가가 말했다.

"미안하고 또 고맙구나……."

딸은 애써 환한 표정을 지으며 대답했다.

"아빠, 괜찮아요. 힘내세요."

아버지는 짐짓 밝은 미소를 지었다.

다행히 식당은 입소문을 타고 찾는 손님이 부쩍 늘었다. 음식 솜씨도 그렇지만 이전의 사업 경험을 살려 손님들을 세심하게 배려한 아버지의 서비스도 한몫 했다. 갑자기 식사 시간대에 몰려든 손님들로 곤혹을 치르기도 하고, 몰려든 손님들이 썰물처럼 빠져 나간 뒤에 치워야 할 그릇이 산더미처럼 쌓이기도 하고, 간혹 끼니를 거르는 일이 있기도 했지만, 가족들은 서로를 바라보며 흐뭇한 미소로 더욱 열심히 일했다.

가게는 점점 커 갔다. 일하는 아주머니도 채용하고, 내부도 확장했으며, 주차장까지 딸리게 되었다.

아버지는 손님 한 사람당 받는 음식 값에서 백 원을 떼어 돼지저금통에 넣었다. 사업에 실패하고 끼니 걱정과 가족 걱정에 안절부절하던 때가 생각나 결식아동을 돕기 위해 시작한 일이다. 일주일에 한 번씩 그 저금통을 음식점에서 가까운 학교로 전달했다.

이제 점점 식당도 자리를 잡아가고 가족도 점점 예전 자리를 찾아갔다. 모두 함께 희망을 가지고 열심히 노력한 덕분이다. 서로를 위한 마음으로 낯선 생활에 적응하고, 힘들고 어려운 시련을 견뎌냈다. 식당의 성공은 바로 그러한 가족들의 마음이 일구어 낸 열매였다.

어느 날, 일을 마치고 온 가족이 한자리에 모였다. 큰딸은 그동안 버려져 있던 바이올린을 꺼내 들었다. 휴학하고 식당일을 도우면서 잊힌 바이올린이었다.

이제 다시 학교로 돌아가 자신의 꿈이 실린 바이올린을 연주할 수가 있었다. 미소를 띠며 큰딸은 가족들을 위한 바이올린 연주

를 시작했다. 애정이 실린 바이올린의 음률이 방 안에 퍼지기 시
작했다.

아버지가 연주를 마친 큰딸에게 미안함과 기쁨이 교차하는 표
정을 지으며 말한다.

"바이올린 솜씨는 여전하구나. 그래 그동안 많이 힘들었지? 정
말 고맙다. 이제 복학도 할 수 있고……. 훌륭한 바이올리니스트
가 되도록 열심히 해라."

큰딸은 울먹이며 고개를 끄떡였다.

아버지란 때로는 울고 싶지만 울 장소가 없기에 슬픈 사람이다. 아버지의 눈에는 눈물이 보이지 않으나 아버지가 마시는 술에는 보이지 않는 눈물이 절반이다. 아버지의 주름살은 땀과 눈물의 흔적이다. 어머니의 눈물은 얼굴로 흐르지만 아버지의 눈물은 가슴으로 흘러 가슴에 눈물이 고여 있다.

아버지란 겉으로는 태연해 하거나 자신만만해 하지만 속으로는 가족을 자신의 수레에 태워 묵묵히 끌고 가는 말과 같은 존재라고 여기며 가장으로서 강박감과 책임감에 사로잡혀 살아간다. 아버지란 '내가 아버지 노릇을 제대로 하고 있나? 내가 정말 아버지다운가?'라며 날마다 자책을 하는 사람이다. 아버지는 때로는 가정이 외딴 섬처럼 느끼면서 자신에 대한 허무감을 느끼기도 한다. 말없이 묵묵한 아버지가 톡 던지는 헛기침 소리는 어머니와 자식들에게 당신의 건재함을 알리는 짧고 굵은 신호이다.

아버지의 마음은 먹칠을 한 유리로 되어 있다. 그래서 잘 깨지

기도 하지만, 속은 잘 보이지 않는다. 아버지란 기분이 좋을 때 헛기침을 하고 겁이 날 때 너털웃음을 웃는 사람이다. 아버지는 가정에서 어른인 체를 해야 하지만, 친한 친구나 마음이 통하는 사람을 만나면 소년이 된다. 아버지는 가족들 앞에서는 기도도 안 하지만 혼자 차를 운전하면서 큰소리로 기도도 하고 주문을 외기도 하는 사람이다.

아버지란 자식을 결혼시킬 때 한없이 울면서도 얼굴에는 웃음을 나타내는 사람이다. 자기가 기대한 만큼 아들, 딸의 학교 성적이 좋지 않을 때 겉으로는 "괜찮아, 괜찮아" 하지만 속으로는 몹시 화가 나는 사람이다.

아버지는 결코 무관심한 사람이 아니다. 아버지가 무관심한 것처럼 보이는 것은, 체면과 자존심과 미안함 같은 것이 어우러져서 그 마음을 쉽게 드러내지 못하기 때문이다.

아버지 최고의 기대는 자식들이 반듯하게 자라 주는 것이며 이러한 모습을 바라보면서 삶의 보람을 느낀다. 아버지가 가장 꺼림칙하게 생각하는 속담이 있다. 그것은 '가장 좋은 교훈은 손수 모범을 보이는 것이다'라는 속담이다. 아버지는 늘 자식들에게 그럴

듯한 교훈을 하면서도 실제 자신이 모범을 보이지 못하기 때문에, 이 점에 있어서는 미안하게 생각도 하고 남 모르는 콤플렉스도 가지고 있다.

성공한 아버지만이 아버지가 아니라 아버지는 있는 그대로의 아버지이다. 비록 부족하고 허점이 있어도 아버지는 아버지이다. 아버지는 아버지이기에 세월이 흘러도 가슴에 하나의 뜨거움으로 다가오는 존재이다.

아버지는 자식의 힘이고 자식은 아버지의 힘이다. 아버지는 이중적인 태도를 곧잘 취한다. 그 이유는 '아들, 딸이 나를 닮아 주었으면' 하고 생각하면서도, '나를 닮지 않아 주었으면' 하는 생각을 동시에 갖기 때문이다.

어머니의 사랑은 산소처럼 항상 우리 곁에 있지만 아버지는 그 깊은 사랑을 감춘 채 대기하고 있다. 아들, 딸이 밤이 늦도록 돌아오지 않을 때 어머니는 현관문을 열어놓고 걱정하는 말을 하지만 아버지는 마음을 열어놓고 현관문을 쳐다본다.

아버지의 웃음은 어머니의 웃음의 2배쯤 농도가 진하며 울음은 열 배쯤 될 것이다. 어머니의 가슴은 봄과 여름을 왔다 갔다 하지만 아버지의 가슴은 가을과 겨울을 오고간다.

아버지는 비탈길 바위틈에 외로이 서있는 나무와 같은 모습이다. 척박한 곳에 터를 잡고 말없이 깊은 사랑을 감춘 채 대기하면서 위험한 등산길에 넘어지거나 위기가 닥치면 떨어지지 않게 손을 잡아주면서 사랑의 빛을 발한다. 오늘도 자식은 아버지의 그늘 아래서 아버지의 사랑을 먹으면서 성장하고 있다.

아버지는 뒷동산의 바위 같은 존재이다. 시골마을의 느티나무처럼 무더위에 그늘의 덕을 베푸는 크나큰 이름이다. 끝없이 강한 불길 같으면서도 자욱한 안개와도 같은 그리움의 이름이다.

# 11

# 하늘에 계신 아버지께



아버지는 늘 두 번째였죠

아버지!

하늘나라에서 잘 지내고 계시죠? 요즘 저는 하늘을 쳐다보는 버릇이 생겼어요. 이런 저를 보고 어머니께서 "왜 그렇게 하늘을 멍하니 쳐다보느냐?"고 물어요. "그냥 좋아서"라고 대답은 하지만, 사실 그 버릇은 아버지에 대한 그리움에서 비롯된 거예요.

아버지!

이젠 다 소용없는 짓인 줄 알면서도 아버지 살아생전에 좀 더 다정하게 대하지 못한 것이 못내 제 마음을 짓누르고 있네요. 아버지가 돌아가신 후 유품을 정리하다가 발견한 아버지의 일기장에서 아버지께서는 암이라는 병마와 싸우면서 그 고통을 내색하지 않기 위해서 노력한 사실과, 가족에 대한 절절한 사랑의 글귀가 아직도 제 마음을 아프게 해요.

아버지!

어느덧 제가 서른이 넘은 노처녀가 되고 보니 엄마가 애간장을 끓이시며 채근하세요. 얼마 전 엄마를 따라 엄마 친구 딸의 결혼식에 갔어요.

결혼식에서 아버지의 손을 잡고 입장하는 신부를 보니 그렇게 부러울 수가 없었어요. 돌아가신 아버지 생각에 저도 모르게 울컥해 괜히 엄마에게 심통만 부렸지 뭐예요. 아버지가 그립다고……아버지가 너무나 보고 싶다고……. 엄마에게는 차마 사실대로 말할 수가 없었거든요.

아버지가 돌아가신 후 아버지의 휴대폰을 해지하지 않고 한동안 제가 가지고 있었어요. 그러던 어느 날 휴대폰으로 문자메시지가 왔어요. 엄마가 보낸 문자메시지였어요.

'여보 보고 싶네요. 날씨가 추워요. 하늘나라에서 이불 잘 덮고 잘 자요. 사랑해요'

나는 그 문자메시지를 보고 가슴이 먹먹해져 왔어요.

그리고 어느 날 모임에 다녀오신 엄마가 "밥을 아직 안 해놔서 아빠 잔소리하시겠네. 퇴근하시기 전에 얼른 저녁 준비해야지……." 하시며 부랴부랴 저녁을 준비하시던 적이 있었어요. 아버지가 돌아가셨다는 사실을 잠깐 잊어버리신 거죠. 그런 엄마에게 무슨 말을 해야 할지 몰라서 전 그냥 엄마 손을 꼭 잡고 말았어요. 그러자 엄마는 당황한 표정을 지으며 바닥에 털썩 주저앉고 마시더군요. 아버지가 안 계시다는 것을 다시 한 번 뼈저리게 느낀 엄마와 저는 부엌에 앉아 서로 얼싸안고 한참을 울었어요.

엄마는 평소 아버지가 좋아하시던 청국장을 끓이셨어요. 청국장을 먹다가 콱 목이 메었어요. 아버님 생각이 떠올라 손에서 숟가락을 놓고 눈시울이 붉어졌어요.

그런 일을 겪고 나서는 아버지가 보고 싶다는 말을 엄마에게 한 번도 한 적이 없어요. 그 대신 아버지가 그리울 때마다 하늘을 올려다보곤 해요.

아버지!

이 세상 어딜 가더라도 아버지를 만날 수 없다는 사실이 저를 힘들게 해요. 언제쯤이면 저도 미소 지으며 아버지에 관한 추억 이야기를 할 수 있을까요?

엄마를 더 많이 사랑하고 아껴드릴게요. 저에게 좋은 일이 생길 때면 그건 아버지가 제게 주신 선물이라고 생각하며 열심히 살게요.

살아생전 효도 한 번 못한 이 자식이 나이 들어 아버님이 계신 곳으로 갈 때 저승으로 오는 길이 어두울까 봐 잘못 찾아오지나 않을까 봐 아버님이 저승 문 앞에서 초롱을 들고 이 자식을 기다리시겠지요.

아버지! 정말 보고 싶어요. 아버지의 자식이라 참 행복했어요.
그리고 언제나 사랑합니다.

# 12

# 그냥 주무세요

새벽 2시.

대학생 아들이 밤늦게 인터넷을 하고 있는데 현관 초인종이 울렸다. 평소와 달리 술에 잔뜩 취한 아버지였다.

"어이구 우리 장남 아직 안 잤어?"

"아버지, 무슨 술을 이렇게 드셨어요?"

"아버지가 오늘 그냥 한잔 했다. 엄마는?"

"주무세요."

아들은 그때 재미있는 게임을 하고 있었고 아내와 딸은 자고 있었다.

"애야, 애야. 오랜만에 나랑 맥주 한잔 하자."

"아버지……. 많이 취하셨는데 또 무슨 맥주예요?"

"괜찮다. 너하고 맥주 한잔 하고 싶다."

아들은 약간 짜증이 났지만 하는 수 없이 냉장고에서 캔맥주를 가져와 아버지와 마주 앉았다. 아버지는 캔맥주를 앞에 놓고는 마시지도 않은 채 아들에게 말을 건넸다.

"용돈 없지? 자, 여기 있다."

1만 원짜리 지폐가 여러 장이었다.

"아버지 고맙습니다. 그런데 무슨 일로 이렇게 술을 많이 하셨어요?"

"아버지가 오늘 그냥 한잔 했다."

"아, 예……. 아버지……. 많이 취하셨는데 그냥 주무세요. 저는 들어갑니다."

아들은 방으로 돌아와 인터넷 게임을 계속하려고 했다. 잠시 후 아버지가 불러 하는 수 없이 방에서 나왔다.

"너 대학 졸업하려면 몇 년 남았지?"

"대학 2학년이니 아직 2년하고 한 학기 남았습니다."

"그래? 우리 딸내미는?"

"고등학교 2학년이잖아요."

"그래……. 내가 많이 벌어야 되는데……. 수건에 물 좀 적셔 와서 좀 닦아 줄래?"

아들이 수건에 물을 적시러 간 동안 아버지는 방으로 들어가 잠옷으로 갈아입고 나왔다. 아들은 평소 아버지께서 퇴근 후에는 반드시 샤워하는 것을 보아 온지라 생전 처음인 아버지의 행동에 이상한 기분이 들었다. 하지만 적셔온 수건으로 아버지의 몸을 구석구석 닦아 드렸다.

"아이고, 착한 우리 아들……. 잠깐만 앉아 있어."

아버지는 방에 들어가더니 지갑을 가지고 나왔다.

"여기 있다. 용돈……."

아버지는 또다시 몇만 원을 꺼내 건넸다.

"아버지, 아까 받았는데요."

"줄 때 받아 둬……."

"알겠습니다. 아버지……. 이제 주무세요."

아들은 자신의 방으로 돌아와 컴퓨터와 불을 끄고 잠자리에 누웠다. 그런데 잠시 후 아버지가 아들의 방으로 들어와 불을 켰다. 아들은 짜증이 나는 것을 간신히 참았다.

"아버지 그만 주무세요."

"자 여기 있다. 용돈……."

"예?"

"아버지, 아까 두 번이나 돈 받았잖아요. 이제 됐어요."

아버지는 또다시 몇만 원을 주었다.

"아버지, 회사에서 무슨 힘든 일 있으셨어요?"

"아무 일도 없었어. 오늘 그냥 한잔 했다."

아들은 짜증이 났다.

"한잔 한 것이 아니라 20잔도 넘게 한 것 같은데요."

"아냐, 이놈아. 우리 딸내미도 용돈 좀 줘야지……."

"지금 자는데요. 아버지 제발 그만하고 주무세요."

"내일 우리 딸내미 일어나면 네가 줘라."

아버지께서 10만 원짜리 자기앞 수표 한 장을 꺼내 주자 아들은 마지못해 받아 두었다.

"아버지 이제 진짜 주무세요. 내일 출근하셔야 되잖아요."

순간 술에 취한 아버지의 얼굴에 긴장한 빛이 스치더니 아들의 방에서 나갔다. 잠시 후 화장실에서 무슨 소리가 났다. 아들이 화장실로 가 보았다, 아버지가 변기를 향해 토하고 있었다. 아들은 아버지의 등을 두드려 드렸다. 안방에서 주무시던 어머니도 일어나 그 광경을 보고는 주방으로 가서 꿀물을 만들었다.

어머니는 화장실에서 나온 아버지에게 꿀물을 건네면서 말했다.

"평소에 술을 많이 하지 않던 당신이 웬 일로 이렇게 술을 많이 드셨어요? 회사에서 무슨 안 좋은 일이라도 있었어요?"

"아니……. 그냥 한잔 했지. 그런데 당신 오늘 예뻐 보이네. 미인인데……."

"만날 보는 얼굴인데 갑자기 무슨……."

아침이 되었다. 어머니는 술을 마신 아버지를 위해 북엇국을 끓였다. 식사를 마친 아버지는 출근 준비를 위해 머리에 스프레이를 뿌리고 있었다. 이때 갑자기 어머니의 높은 목소리가 들려왔다.

"머리에 '에프킬라'를 뿌리고 지금 뭐 하는 거예요?"

"이거 스프레이 아니었어?"

아버지는 아직도 술이 덜 깬 상태였다. 아버지는 부랴부랴 머리를 다시 감고 나서는 여느 때와 같이 출근했다.

보름 정도가 지났다. 아버지는 평소와 마찬가지로 출근했다. 집으로 국민건강보험공단으로부터 한통의 우편물이 날아왔다. 어머니가 우편물을 열어 보자 직장건강보험에서 지역건강보험으로 변경됐다는 내용이었다. 사유는 퇴직으로 되어 있었다.

한 번도 회사로 전화를 하지 않던 어머니는 전화를 걸어 남편을 찾았다. 그러나 남편 대신 "2주 전에 퇴사하셨습니다"라는 목소리만 들을 수 있었다. 순간 어머니는 얼마 전 남편이 술에 잔뜩 취해 벌였던 해프닝이 떠올랐다. 구조조정 대상이었던 남편은 그날 퇴직하고 부하 직원들과 마지막 송별 회식을 했던 것이다.

술에 취해 새벽까지 자식에게 여러 번 돈을 준 데는 이제 회사를 그만두게 되어 넉넉하게 용돈을 줄 수 없게 되었다는 아버지의 의식이 짙게 깔려 있었던 것이다. 평소 한 번도 하지 않았던 수건에 물을 적셔 몸을 닦아 달라고 한 것도 자식의 사랑을 확인하고 싶었기 때문이었다. 또한 아내에게 결혼 후 좀처럼 입 밖에 내지 않았던 "예쁘다"는 말도 "미안하게 됐다"는 생각의 다른 표현이었다.

아버지는 그동안 매일 출근하는 것처럼 하면서 집을 나섰던 것이다. 전직하고 난 다음 가족에게 저간의 사정을 알릴 요량이었다. 하지만 처음 며칠 동안 전직을 위하여 이리저리 알아봤지만 여의치 않았고 자존심도 상했다. 회사에 다닐 때는 안 그랬는데 점심시간에 친구들을 만나는 것조차 불편한 느낌이 들어 그만두었다.

퇴근 무렵까지 시간을 보낼 방법도 마땅치 않았다. 어느 날은 기원에 가서 바둑을 두었지만 몇 판을 두어도 해는 중천에 있었다. 어느 날은 차에 등산화와 가벼운 옷을 싣고 산으로 갔다. 양복을 갈아입고 등산하고 나서 인근 목욕탕에서 목욕을 하고 난 다음 집으로 돌아가기도 했던 것이다.

# 13

# 아빠 힘내세요

아버지는 늘 두 번째였죠

젊은 나이인 남편이 다니던 회사가 부도가 나서 실직을 당했다. 팔팔한 나이에 직장을 그만둔 남편은 기가 죽어 휴대폰을 받거나 바깥출입을 하지 않으려 했다. 아내가 남편에게 말을 건넸다.

"여보, 오늘 오후에 우리 집에서 동네 아주머니들이 모이기로 되어 있어요. 당신이 있으면 뭐라고 하겠어요? 설명하기도 창피하고……. 당신은 어디 가서 시간을 보내다가 모임이 끝난 뒤 나중에 들어오세요."

남편은 시내에 있는 대형서점에 들러 책 구경을 하면서 한참동안 시간을 보냈다. 휴대폰으로 모임이 끝난 것을 확인한 후에야 집으로 돌아왔다.

심기가 불편해진 남편은 들어오자마자 화장실에서 담배에 불을 붙여 입에 물었다. 회사에 다닐 때는 아파트 베란다나 대문 밖의 복도 창가에서 담배를 피우던 남편이 실직한 후에는 화장실에서 담배를 피우는 버릇이 생겼다. 아마도 출근하지 않고 담배를 피

우는 모습이 보이면 이웃사람들이 실직한 사실을 알게 될까봐 창
피하고 자존심이 상해서 그런 것 같다.

아내는 '이러면 안 되는데……' 하면서 기 죽어있는 남편이 안
타깝기도 했지만 이런 상황에 짜증이 앞서서 바가지를 긁었다.

"나가서 피워요. 나가기 싫으면 끊어요! 쪽팔리면 안 피우면 되
잖아요! 간접흡연이 얼마나 나쁜지 알잖아요. 담배가 마누라나 애
보다 더 좋아! 그 연기 맡고 우리가 죽었으면 좋겠어요! 돈도 못
벌면서 이참에 담배 끊어요!"

아내는 말을 내뱉고 순간 '아차' 했다. 남편이 아내의 말이 끝나
기 무섭게 벌컥 화를 내며 쌓였던 울분을 터뜨렸다. 그리고는 방
안으로 들어가 버렸다. 아내는 속이 상했다. 잠시 후 남편이 방 밖
으로 나왔다.

아내는 남편에게 사과를 하고 싶었지만 왠지 쑥스러웠다. 남편
도 화는 났지만 한편으로 미안한 생각이 들었다. 남편은 컴퓨터가
있는 방으로 들어가 인터넷을 열었다.

배가 고파진 남편이 주방으로 가서 라면을 끓였다. 이 때 아내
가 부엌으로 나와 새로 지어 놓은 밥과 미리 만들어놓은 고기반
찬과 남편이 좋아하는 미역국, 그리고 소주 한 병을 담아 상을 차
렸다. 남편은 약간 쑥스러운 표정을 지으며 말했다.

“라면 먹고 배 덜 차면 먹을게. 아깝잖아, 버리지도 못하
고…….”

그러자 아내가 라면 그릇을 자신 앞으로 가져가며 말했다.

“버리긴 왜 버려요. 이리 줘요. 내가 먹을게.”

아내가 얼른 라면을 먹었다. 남편은 뭉클한 표정으로 아내를 쳐
다보며 말한다.

“걱정 마. 곧 직장을 구할 수 있을 거야.”

그러자 아내도 다정한 표정을 지으며 격려했다.

“걱정 말아요. 내가 여러 가지 아르바이트를 좀 더 열심히 하면
되니까 생활비는 걱정하지 말고 마음 편안하게 먹고 알아봐요.”

남편은 아내의 말에 가슴이 뭉클해졌다. 아내는 남편이 회사 다
니던 시절이 떠올랐다.

언젠가 술에 취한 남편이 집에 돌아와 소파에 털썩 주저앉더니
이내 잠에 곯아떨어졌다. 아내는 잠자는 남편의 양말을 벗겼다. 그
때 양말을 벗긴 남편의 발을 본 아내는 순간 가슴이 뭉클해졌다.
땀에 밴 양말 냄새와 함께 남편의 발은 거칠고 딱딱하게 굳어 있
었다.

신혼 초, 남편의 발을 씻겨줄 때는 굳은 살 하나 없이 깨끗했다.
영업부에 근무하는 남편은 발이 부르트도록 뛰어다녔으며 잘하지

도 못하는 술을 거래선 접대 때문에 과하게 마셨다. 회사에서 인정받고 가장으로서 책임을 다하기 위한 것이라는 생각이 들어 그때 '남편에게 잘해 주어야겠다'는 각오를 했다.

그렇게 회사를 위하여 열심히 뛰었지만, 어려운 경제 여건을 견디지 못하고 회사가 부도를 내고 만 것이다. 막상 남편이 실직한 이후, 얼마 지나지 않았지만 각오와는 달리 때로는 섭섭하게 대한 적도 많았다는 생각에 눈물이 핑 돌았다.

남편은 인터넷이나 신문을 보고서 여기저기 이력서를 내고 여러 군데 면접을 보고 왔다. 그런데 막상 가보면 다단계 판매 회사이거나 근무 여건이 자신의 경력과는 전혀 맞지 않는 곳이기 일쑤였다. 이 같은 사실을 알고 아내는 남편을 격려했다.

"요즘 청년 실업이 심해 대학을 갓 졸업해 신입사원으로 들어가기도 어렵다고 하는데 직장 구하기가 쉽겠어요. 마음에 맞는 직장이 나타나지 않으면 지금부터라도 자격증 시험 준비를 하면 어떻겠어요. 당신이 준비하는 동안 어떻게 해서든지 뒷받침할게요."

며칠이 지난 후, 늦은 아침에 같은 도시에 사는 아내의 언니가 밑반찬을 들고 집으로 왔다. 현관을 열면 정면으로 보이는 것이 안방 침대였다. 처형의 눈에 자고 있던 동생 남편의 모습이 한 눈에 들어온 것이다. 언니는 당황스런 표정을 지으며 동생에게 살며

시 물어봤다.

"아니 지금 시간이 몇 신데…… 아직도 자고 있냐? 혹시……?"

"아, 아냐. 오늘 월차야. 한 달에 하루 노는 월차 알잖아."

"그래……?"

얼렁뚱땅 넘겼지만 언니는 눈치를 챈 것 같았다. 언니가 돌아가고 나자 남편은 아내에게 말했다.

"나 내일부터 출근할거야."

아내가 기쁜 표정을 지으며 물었다.

"취직했어요?"

남편은 애써 밝은 표정과 쑥스러운 표정을 지으며 변명했다.

"내가 언제 출근한다고 했지 취직됐다고 했어?"

"어디로 출근할건데요?"

"도서관에 가려고……. 가서 컴퓨터도 하고 자료도 보고, 책도 보고……. 그러다가 내키면 시험 준비하지 뭐."

다음 날 남편은 아내가 싸준 도시락을 들고 도서관으로 첫 출근을 했다. 점심을 먹고 커피 한 잔 뽑아 마시려고 바지주머니에서 동전을 꺼내던 남편은 5만 원과 함께 메모지 두 장을 발견했다. 한 장은 아내가 쓴 것이었다.

'여보, 아무런 걱정하지 말고 하고 싶은 일 할 수 있도록 정진하

세요. 파이팅! 당신의 아내가.'

한 장은 초등학교 2학년 딸이 크레파스로 쓴 꾸불꾸불한 글씨
로 '아빠 힘내세요. 아빠 사랑해요'와 함께 아빠와 자신을 표현한
그림을 그린 메모였다.

남편은 갑자기 코끝이 찡해졌다. 그리고 어깨를 활짝 펴고 뚜벅
뚜벅 도서관으로 들어갔다.

# 이메일

"학생, 시간 있으면 잠깐 이리 건너와 줘."

하숙집 주인 할아버지가 하숙생인 대학생을 불렀다.

'어젯밤에 음악을 좀 크게 틀어 놓았다고 잔소리를 늘어놓으시려나, 아니면 밤에 느닷없이 찾아오는 친구 때문일까, 그것도 아니면 혹시 두 달째 밀려있는 하숙비 때문에……?'

불안한 마음을 가지고 안방으로 들어갔다. 할아버지 방은 언제나 깔끔히 정돈되어 있다. 그런데 낡은 경대와 이불 넣는 작은 장이 전부였던 방 한구석에 못 보던 앉은뱅이책상이 하나 놓여 있고 놀랍게도 그 위에 노트북컴퓨터가 떡 하니 자리 잡고 있었다.

"와! 할아버지, 이거 어디서 나셨어요?"

대학생인 하숙생은 자연스럽게 노트북컴퓨터 앞에 자리를 잡았다.

"어디서 나긴, 샀지."

대학생은 기가 막힌다는 표정으로 할아버지를 바라보았다.

"우리 아들이 지금 미국에서 살고 있는데, 편지 보낼 때마다 일주일씩이나 걸린다니 견딜 수가 있어야지. 이놈만 있으면 편지가 즉시 그쪽으로 갈 수가 있다면서?"

할아버지는 이메일을 통해 미국에 있는 아들과 소식을 주고받을 수 있다는 말만 듣고 노트북컴퓨터를 장만하신 것이었다.

"막상 사다 놓긴 했는데……. 뭘 어떻게 해야 하는지 알 수가 있어야지. 힘들겠지만 학생이 시간 좀 내서 가르쳐 줄텨?"

하숙생은 컴퓨터를 켜는 법에서부터 인터넷에 접속하는 법, 이메일을 보내는 법 등을 최대한 쉽게 설명했다. 설명이 끝날 때마다 할아버지는 한숨을 푹 내쉬며 고개를 설레설레 흔들기는 했지만 아들을 생각해서인지 포기하지는 않으려는 눈치였다. 한참이나 서로 진땀을 흘리다가 할아버지 수첩에 적혀있는 아들의 이메일 주소를 입력시켜 사용할 수 있게 되었다.

"할아버지 이제 여기에 편지를 한번 써보세요."

할아버지는 머뭇머뭇 컴퓨터 앞에 다가앉아 한 손가락으로 더듬더듬 자판을 누르기 시작했다.

'사랑하는 나의 아들 보아라.'

힘겹게 거기까지 입력시킨 할아버지는 고개를 숙이고 한참동안 움직이지 않았다.

잠시 후 눈물 한 방울이 컴퓨터 자판 위로 떨어졌다.

그리고 또 얼마의 시간이 흘렀다. 할아버지가 하숙생을 바라보며 싱긋 웃으며 한 마디를 던진다.

"이거…… 편지지나 컴퓨터나 눈물 나는 건 다를 게 없구만."

# 철인 3종 경기

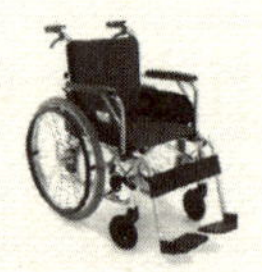





아들은 태어날 때부터 뇌성마비를 앓아 팔다리는 물론 언어장애를 안고 있는 중증장애인이었다.

아들이 장애인으로 살아온 세월이 20년도 넘었다. 철모르던 어린 시절엔 장애인이라는 느낌과 생각이 덜 했다. 하지만 성장해가면서 친구들의 몸과 다르다는 것을 점점 알게 됐다.

이런 아들을 바라보면서 아버지와 어머니는 뼈저린 회한에 젖어들었다.

"조금이라도 일찍 병명을 알았다면 정상인이 될 수도 있었는데……."

아들은 부모 원망도 많이 했다. 초등학교 시절 운동회 날이면 아들은 슬픔에 잠긴 얼굴로 운동장을 바라보았다. 친구들은 기쁜 얼굴로 열심히 운동회에 임하고 있는데 아들은 그늘 아래 앉아서 실컷 울곤 했다.

이렇게 울고 있는 아들 곁에서 아버지는 항상 따뜻하게 감싸주었다. 아버지는 어깨를 어루만져 주며 힘과 용기를 불어넣고 손과 발이 되어 주었다.

이런 장애인 아들과 아버지와의 추억은 아름다운 여행과도 같았다. 어린 시절, 아버지는 아들을 자전거에 태우고 동네 한 바퀴를 돌면서 말없이 웃음을 짓곤 했다. 아들에겐 항상 좋은 말로 사랑을 심어주고 아들의 빈자리를 채워주었다. 아들을 바라볼 때 늘 미안한 눈빛을 보내며 이내 눈시울이 붉어지곤 했다.

그때마다 아들은 나름대로 생각을 정리했다.

'내가 만약 장애인이 되지 않았더라면 이렇게 부모님이 걱정하지 않았을 텐데. 왜 난 장애인이 되어서 나의 고통을 부모님께 안겨 드리는가!'

이런 마음을 가진 아들에게 아버지는 항상 격려의 말을 던졌다.

"네가 지금은 장애인이지만, 넌 결코 장애인이 아니란다. 신체의 장애보다 마음의 장애를 안고 살아가는 사람들이 주변에는 많이 있다. 아빠는 네가 떳떳하게 세상 사람들과 어울리며 살고, 비록 장애의 몸은 가졌지만 뭐든 할 수 있다는 자신감을 가지고 살아준다면 더 바랄 것이 없단다. 너의 장애를 숨기지 말고, 그걸 계기로 뭔가 새로운 것에 도전해 봐라. 저마다의 아픔을 가진 사람들과 교류하며 당당하게 살아라."

아들도 자신이 가지고 있는 고민과 미래의 꿈을 털어놓으면서 구김살 없이 성장해 갔다.

아들이 "달릴 때면 나 자신이 장애인이라는 사실을 잊어요"라고 하자 마라톤 선수였던 아버지는 아들의 휠체어를 끌며 마라톤을 다시 시작하게 됐다.

마라톤 대회에서 함께 완주한 아버지와 아들은 주위의 만류에도 불구하고 불가능하다고 여기는 철인 3종 경기에 나섰다.

아들이 탄 보트를 매달고 3.9km를 수영한 아버지는 아들을 다시 사이클에 태우고 180km를 질주했다. 여기서가 끝이 아니었다. 아들의 휠체어를 밀고 49.195km의 마라톤 코스를 달렸다. 사람들의 환호 속에 철인 3종 경기를 완주한 아버지와 아들은 포옹하며 뜨거운 눈물을 나눴다.

이는 아버지가 아들에게 장애인이라는 이유만으로 벼랑 끝으로 밀쳐내는 세상에 굴하지 않고 도전하는 정신을 키워준 덕분이었다. 아버지는 '모든 것은 희망에서 시작된다'는 믿음을 가지고 아들에 대한 희망의 끈을 놓지 않고 최선을 다한 결과라고 여겼다.

함께 철인 3종 경기에 도전하면서 세상에서 가장 행복한 길을 달려온 아버지와 아들에게 장애는 단지 일상에서 극복해야 할 작은 산에 불과했다.

　이런 모습을 보고 주위에서 아버지에게 "혼자 철인 3종 경기에 도전하면 우승도 할 수 있지 않겠느냐"고 하자 아버지는 "아들이 없이는 달리지 않는다"는 한마디 말로 일축해 버렸다.

　아들은 아버지의 사랑에 감사의 고백을 했다.

　"나는 남보다 불편한 신체를 가지고 있기에 참 힘들었습니다. 아버지는 장애를 안고 세상에 나온 저를 위해 든든하고 강한 지팡이가 되어주신 분입니다. 아버지는 나의 꿈을 실현시켜 주셨습니다. 아버지는 내 날개 아래를 지켜주는 바람입니다."

# 16

# 기러기 아빠

아이들 교육을 위해, 장애 아이의 치료를 위해, 갖가지 사연으로 아내와 아이들을 먼 이국땅으로 보낸 사람들을 '기러기 아빠'라 부른다.


#'왜 보내야만 하는가?'

이런 생각이 앞서기만 한다. 가족과 떨어져 혼자된다는 두려움 때문인 것 같다.

"아빠, 가족이 뭔데, 왜 떨어져 있어야 해?"

큰아들의 이런 말이 가슴에 와 닿는다.

가족들이 모였다. 이틀 밤이 지나면 헤어져야 한다.

"하느님, 이제 저희 가족들은 헤어지려 합니다. 그러나 마음은 더 가까이 있을 것입니다. 저희 가족들이 어려움을 극복할 수 있도록 힘을 주십시오."

#떠나기 전날 두 아이가 한꺼번에 "아빠 좋아해"라고 하면서 뽀뽀를 했다.

건강하게 잘 자라 주기를 바랄 뿐이다. 시간이 흐르면 그리움이 솟구칠 텐데. 하루가 이렇게 빨리 가는 줄 몰랐다. 시계추를 붙들어 맬 수 있다면…….


#인천공항에서 가족들을 보냈다.

"아빠 울면 안 돼!"

이렇게 말하던 큰 녀석이 출국장으로 나서면서 결국 울음을 삼켰다. 가족의 뒷모습이 보이지 않을 때 안경 아래로 물기가 젖어있음을 느꼈다. 집으로 어떻게 돌아왔는지 기억이 없다.


#이렇게 헤어짐이란 게 큰 눈물로 다가올 줄 생각지도 못했다. 내색하지 않으려고 일부러 공항에서 멀리 있기도 해보지만 흐르는 눈물은 막을 수가 없다. 앞으로 어떻게 혼자 헤쳐 나가야 할지 모르겠다.


#알람 소리에 간신히 일어났다. 전처럼 막내딸이 깨워주면 전혀 힘들지 않을 텐데……. 화장실에서 무심코 담배를 물었다. 집에

서는 절대 담배를 안 피웠는데……. 이제 마누라 잔소리도 그립다.
아내가 밥상을 차려줘도 바쁘다는 핑계로 마다했던 게 후회된다.

#어제 너무 과음했다. 아침 일찍 꿀물 타주던 마누라 생각이
난다. 출근 전에 꿀물을 타 먹었다. 속이 쓰리다. 술을 마시고 집
에 와도 아내가 차려주는 밥을 먹고 잠이 들면 속이 편안했는
데……. 오늘 아침도 가족사진 보면서 쓰린 배를 움켜잡고 출근한
다. 이제 3년이 지났다. 스스로 지쳐간다.

#매주 토요일이면 대청소와 빨래를 하는 날. 세탁물을 세탁기
에 넣어 돌려놓고 구석구석 청소를 하는 동안 외로움을 잊어보려
고 노력하건만 잘 되지 않는다. 이럴 땐 더욱 가족에 대한 소중함
을 느낀다.

#하루 빨리 가족이 한데 모이기를 학수고대하고 있다.
함께 살지 않는 가족은 가족이 아니라는 느낌이 든다. 직장을
그만두고 가족과 합류할까하는 생각을 많이 했다. 하지만 가족들
이 있는 외국에서 살아갈 수 있는 경쟁력이 없다. 아직은 이곳 한
국에서 열심히 벌어 가족들 뒷바라지를 해야 한다.

#아이들의 유학비용을 대기 위해 주말이면 야간에 대리운전에 나섰다. 술 취한 손님들을 대하는 것도 이제는 어느 정도 익숙해졌다. 어느 날 거래 회사 직원의 대리 운전을 하게 되었다. 하도 당황스러워 "정신 건강을 위해서 나섰다"고 얼버무리기는 했지만 씁쓸한 기분이 들었다.

# 17

# 하얀 운동화

아버지는 평생 동안 혼자서 걷지 못하고 목발에만 의지해야 했다. 그런 아버지가 힘든 걸음마를 연습하기 시작했던 건 맏이인 딸의 결혼 이야기가 나올 즈음이었다.

주위 사람들의 만류도 뿌리치고 의족을 끼우시더니 그날부터 줄곧 앞마당에 나가 걷는 연습을 했다. 한 걸음 한 걸음 내딛을 때마다 무척이나 힘겨워 보였다. 한참동안 안간힘을 다하여 걸음을 내디딘 아버지는 땀으로 뒤범벅이 된 채 하루에도 몇 번씩이나 땅바닥에 넘어지곤 했다.

"아빠, 그렇게 무리하시면 큰일 나요."

결혼을 앞둔 딸이 엄마랑 아무리 만류를 해도 아버지는 애써 입가에 미소를 지어 보이며 자신의 의지를 꺾지 않으셨다.

"애야, 그래도 너 결혼식 날 이 애비가 네 손이라도 잡고 들어가려면 다른 건 몰라도 걸을 순 있어야지……"

딸은 아버지의 그런 모습과 의지를 확인하면서도 그냥 큰아버지나 삼촌이 대신해 주기를 은근히 바랐다.

신랑과 그리고 시부모와 시가 친척들, 친구들에게도 의족을 끼고 절룩거리는 아버지의 모습을 보이고 싶진 않았기 때문이었다.

그렇게 아버지의 힘겨운 걸음마 연습이 계속되면서 결혼 날짜는 하루하루 다가왔다. 딸은 조금씩 걱정과 두려움이 앞서기 시작했다.

'정작 결혼식 날 아버지가 넘어지지나 않을까……'

'시가가 될 사람들이 어떻게 볼까……'

이런 저런 생각을 하는 가운데 결혼식 날이 다가왔다. 아침에 눈을 떠보니 제일 먼저 현관에 유명 제품의 운동화가 눈에 띄었다.

'누구의 신발일까?'

딸은 경황이 없어서 그냥 지나치긴 했지만 아무래도 마음에 걸렸다. 결국 결혼식장에서 만난 아버지는 우려했던 대로 아침에 현관에 놓여있던 운동화를 신고 계셨다.

딸은 가슴이 울렁거렸다.

'아무리 힘이 든다 해도 잠깐인데 구두를 신지 않으시고……'

아버지는 딸의 손을 잡고 입장할 때 당신의 힘이 모자라서 그런 건지 아니면 떠나는 딸에게 힘을 내라는 뜻인지 딸의 손을 꼬옥 잡았다. 딸을 신랑에게 인계하면서 돌아서신 아버지의 눈가에선 눈물이 흘렀다.

'하객들의 웅성거림 속에서 절룩절룩 걸어야 했던 그 길이 아버지에게는 얼마나 멀고 고통스러웠을까……? 진땀을 흘리시며 한 걸음 한 걸음 옮길 때마다 아버지는 무슨 생각을 하셨을까……?'

신부인 딸은 이런 생각과 함께 결혼식 내내 아버지의 하얀 운동화가 떠올랐다.

'왜 구두를 안 신으시고 그런 운동화를 신으신 걸까……?'

딸은 창피한 마음에. 두 볼이 화끈거렸다. 딸은 결혼식이 끝나고 결혼식 사진을 받아든 후에도 선뜻 펴볼 수가 없었다. 딸은 화려한 웨딩드레스를 입은 자신의 모습이 보고 싶었지만 사진 속에 있을 아버지의 운동화를 보면 마음이 울적해질 것 같았기 때문이었다.

그런데 얼마 후, 아버지가 몸이 아파 병원에 입원했을 때 딸은 비로소 그 하얀 운동화를 선물했던 주인공을 알 수 있었다.

아버지는 여느 때처럼 딸의 손을 꼬옥 잡고 천천히 말을 이으셨다.

"애야, 남편에게 잘 해라. 네가 결혼을 한다고 했을 때, 사실 난 네 손을 잡고 식장으로 걸어 들어갈 자신이 없었어. 그런데 너 남편이 매일같이 날 찾아와 용기를 주었고 걸음 연습도 도와주더

구나. 결혼식 전날엔 행여 내가 넘어질까 봐 푹신한 운동화도 사
다주면서 조심해서 천천히 걸어야 한다고 얼마나 당부를 하던
지……. 난 그때 알았다. 네가 참 좋은 남편을 만났다고……."

"아버지 막상 아버지 곁을 떠나 시집을 오고 나니 아버지의 사
랑을 깨우쳤습니다. 이제와 생각하니 결혼식 날 난생 처음 아버지
의 팔짱을 끼고 식장으로 입장하면서 아버지의 팔이 그렇게 따뜻
한 줄 처음 알았습니다. 지금까지 그동안 왜 그렇게 팔에 매달려
어리광 피우며 다정하게 대해 드리지 못했을까 하는 생각에……."

딸의 눈앞이 뿌옇게 흐려졌다.

# 18

# 아픈 손가락

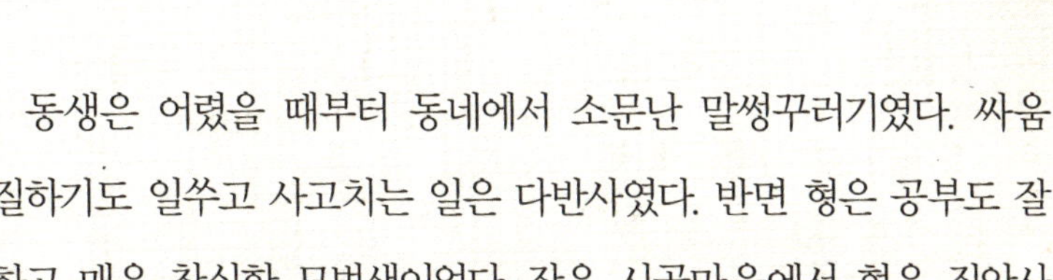

동생은 어렸을 때부터 동네에서 소문난 말썽꾸러기였다. 싸움질하기도 일쑤고 사고치는 일은 다반사였다. 반면 형은 공부도 잘하고 매우 착실한 모범생이었다. 작은 시골마을에서 형은 집안사람들뿐만 아니라 동네사람들까지도 주목하는 인재였다.

평생 농사꾼으로 살아오신 아버지는, 공부 잘하는 형은 농사일은커녕 집안일에도 손 하나 까딱하지 못하게 했다. 그러나 동생에게는 지독할 정도로 농사일을 시켰다. 동생은 그런 아버지가 원망스러웠다. 아버지에 대한 원망은 점점 깊어져 형에 대한 질투로까지 이어졌고, 반항심에 점점 아버지와의 갈등의 골은 깊어만 갔다.

형은 대학에 합격하고 입학할 준비를 하고 있었다. 하지만 동생은 여전히 농사일에 매달려야 했다. 아버지와 말다툼하는 하는 일은 점점 더 늘어 갔다. '차라리 집을 나가고 말지'라고 마음먹은 동생은 아버지에게 따지듯 말했다.

"아버지! 집을 나가겠습니다. 형은 대학에 들어갈 것이니 공부

해서 출세하면 될 테지만, 아무것도 아닌 나는 돈이라도 벌어야 아버지의 인정을 받을 거 아녜요! 이놈의 농사일도 이젠 지긋지긋하다고요!"

"그래, 어디 네 맘대로 해봐라, 이 놈! 다시는 코빼기도 보이지 마!"

아버지는 역정을 내며 뒤돌아섰다.

그날 밤, 동생은 장롱을 뒤져 돈뭉치를 훔쳐 들고 친구와 함께 서울로 달아났다. 그 돈은 형의 대학 등록을 위해 아버지가 마련해 둔 것이었다.

기세 좋게 돈까지 훔쳐 서울로 도망은 왔지만 시작부터가 순탄치 않았다. 길 가다 깡패를 만나서 가지고 있던 돈을 다 뺏기고 갈 곳조차 막막했다. 그렇다고 다시 집으로 돌아갈 수도 없는 노릇이었다. 잃어버린 돈도 돈이지만 많은 돈을 벌어 보라는 듯이 아버지 앞에 당당하게 서고 싶었다.

아들은 같이 올라온 친구를 먼저 고향으로 되돌려 보냈다. 그리고 빼앗긴 돈을 되찾을까 싶어 서울 거리를 헤맸지만 역시나 헛수고였다.

결국 배고프고 지친 아들은 식당에 음식 배달원으로 들어갔다. 식당에서 끼니를 때우고 새우잠을 자면서 돈을 벌기 위하여 열심히 일했다. 하지만 돈은 쉽게 벌리지 않고 시간만 빠르게 지나갔다. 악덕업자인 식당 주인은 급료도 주지 않고, 외려 돈을 훔쳤다는 누명을 씌워 경찰서에 끌려가게 만들었다.

아들은 냉혹한 현실에 내던져진 자신이 얼마나 무기력한지 깨달았다. 고향에서 소식을 접한 어머니가 올라와 같이 집으로 가자고 재촉했다. 아버지와 다시 맞닥뜨려야 하는 생활이 껄끄러웠지만, 아들은 못 이기는 척 어머니의 손에 이끌려 집으로 돌아왔다. 그러나 여전히 아버지의 시선은 찬바람이 돌았고 사소한 일로 부딪치기 일쑤였다. 아들은 또다시 집을 나왔다.

다시 서울로 올라온 아들은 공사판 일용 잡부에서 식당 청소까지 닥치는 대로 일을 했다. 6년 후, 얼마간의 돈을 모아 자그마한 식당 하나를 차렸다. 식당 운영을 하면서 한 여자를 만나 결혼도 했다. 장사가 잘 되어 생활도 점차 안정되었다. 아내는 임신을 했고, 그런 아내를 보면서 아들은 아버지가 이제 자신을 인정해 줄 것이라는 생각이 들었다.

'아마 나를 달리 보실 거야. 이제 나도 형만큼 인정해 주시겠지! 열심히 살았고 돈도 모았어. 그리고 이렇게 어엿한 가정도 꾸렸고…… 이제 아이 아빠도 된다구.'

아들은 아내의 손을 이끌고 고향으로 향했다. 아버지가 자신에게 그동안 미안했다며 손을 잡아 주시는 모습을 상상했다.

그러나 막상 아버지의 반응은 냉랭했다. 며느리에게도 다정한 말 하나 건네지 않았다. 아들은 분노했고 깊은 절망을 느꼈다.

"다시는 아버지를 만나지 않겠어. 내겐 이제 아버지란 존재는 없어!"

자고 가라고 붙잡는 어머니의 손을 뿌리치고 아들은 그날로 집에 돌아왔다.

아내는 아들을 낳았다. 간호사의 팔에 안겨 세상모르게 잠든 아가의 얼굴을 보니 아들은 가슴이 벅차올랐다.

'아버지가 된 것이 이런 느낌이구나!'

장사는 점점 더 잘 되어 더 크고 넓은 식당을 차릴 수 있게 되었다. 살림살이도 늘어가고, 아이가 자라는 모습에 웃음이 넘쳐났다. 아들은 행복한 일상에 잠겨 있었다.

그러던 어느 날, 종업원의 부주의로 식당에 불이 났다. 한밤중에 소식을 들은 아들은 아내와 함께 부랴부랴 식당으로 달려갔다. 식당은 이미 화염에 휩싸여 있었고, 마침 거센 바람도 불어와 불길은 점점 더 번지기만 했다. 겨우 불길은 잡혔지만 식당은 잿더미로 변해 버리고 말았다. 이 날벼락 같은 일에 아들은 어이가 없었다. 세상이 원망스러웠다.

아들은 술독에 빠져 지내기 시작했다. 밤낮을 가리지 않고 술을 마셨다. 아내의 만류에도 소용이 없었다. 결국 아내는 고향집에 연락을 취했다.

연락을 받고 아버지가 올라오셨다. 아버지와 아들은 서로 말없이 마주 앉았다. 아버지는 방 안에 나뒹구는 술병들을 보고 말했다.

"못난 놈! 기껏 이렇게 살려고 집을 나간 게냐?"

아버지의 말에 아들은 새삼 아버지에 대한 원망이 되살아났다.

"아버진 형만 자식이죠? 저 같은 건 자식으로 인정도 안 하시잖아요. 그러니 무슨 상관입니까!"

아버지는 말없이 아들을 바라보았다. 한참 동안 그렇게 앉아 있던 아버지는 한숨을 푹 쉬시고는 나가 버렸다.

며칠 후, 아버지로부터 집으로 내려오라는 연락이 왔다. 아들은 가야 하나 말아야 하나 고민을 했다. 고향집에 내려가 부모님 그늘 안에서 편하게 지내보고도 싶은 마음이 없는 건 아니었으나, 아버지를 마주할 생각을 하니 착잡하고 울컥한 기분이 가시질 않았다.

"그래도 아버님이 먼저 불러주신 건데 내려가 보세요. 뭐가 그리 어려워요?"

아내는 아들의 마음을 돌리려 애를 썼다. 결국 아내의 설득에 넘어간 아들은 고향집으로 향했다.

시골집 방 안에서 다시금 마주한 아버지와 아들 사이에는 어색한 침묵이 흘렀다. 한참 후 그 침묵을 깬 것은 아버지였다.

"그래, 건강은 어떠냐?"

"네, 그럭저럭 괜찮습니다."

무심하게 대답하는 아들의 대답을 흘려들으며 아버지는 무엇인가를 아들 앞에 밀어 놓았다. 손때가 묻어 여기저기 얼룩지고 헤진 통장과 도장이었다.

"얼마 안 된다. 보태 쓰도록 해라. 네가 애비 원망 많이 한 줄 안다만……. 너도 자식 키우니 이 애비 마음을 알 때가 올 게다. 너 농사지을 땅이라도 물려주려고 모은 건데, 지금 주는 게 좋을 것 같구나. 이 돈 보태서 가게 손 보고 새로 시작하도록 해라."

"아버지……!"

아들의 눈앞이 흐려졌다. 아버지의 손때가 절은 통장을 보고 있으려니 가슴에 형용키 어려운 감정이 소용돌이쳤다.

아들은 이제야 아버지의 깊은 뜻을 알았다. 아들이 공부에 대한 재능이 없다고 판단하신 아버지는 농토를 일구게 할 생각이었던 것이다. 하지만 그 마음을 표현할 줄 몰라 외려 엄하게만 구셨

던 아버지. 이제야 알게 된 아버지의 깊은 사랑에 아들은 큰 소리
를 내어 울었다.

# 19

# 나침반

하루는 다리가 자유롭지 못한 아들이 아버지와 등산을 했다. 오래 전부터 아버지가 계획했던 일이었는데 언제나 장애인 아들은 원하지 않았다. 도전도 해보기 전에 지레 포기해 버리는 아들을 보면서 늘 안타까웠던 아버지는 겨우 아들을 설득해 등산을 나서게 된 것이다. 함께 가게 된 산은 꽤 높은 산이었는데 산에서 야영을 하면서 산 정상을 정복하는 것이었다.

아버지와 절뚝거리는 아들이 함께 산을 오르는 모습을 보고 등산객들이 용기와 격려의 박수를 보냈다. 가파른 길을 오를 때마다 아들은 돌부리에 채여 넘어지고, 나뭇가지에 몸이 긁혔지만 아버지와 등산객들의 격려에 힘입어 나약해지는 마음을 다져 먹곤 했다.

올라가는 길 주위에는 빽빽하게 나무가 우거져 등산로 구분이 잘 되지 않았다. 한참을 걷자 풀벌레소리, 바람소리, 새소리들만 들려왔다. 앞서던 아버지가 잠시 허리를 굽히더니 지친 아들을 불렀다.

"이 꽃 좀 보아라. 예쁘지 않니?"

"네, 이런 꽃은 처음 봐요. 어떻게 이런 작은 풀이 이렇게 예쁜 꽃을 피웠을까요?"

"예쁘고 멋있는 것들이 더 많이 있단다."

그들은 절벽 길을 돌기도 하고 바위와 바위 사이를 훌쩍 뛰어넘기도 했다. 이제 아들은 가시 따위에 찔리는 것은 아무렇지도 않았다. 어느새 계곡에 흐르는 맑은 물소리가 아들의 가슴으로 흘러들었다.

"아버지, 이리로 와 보세요. 폭포예요. 굉장해요."

아들은 대자연의 거대한 힘 앞에서 입을 벌린 채 서 있었다. 아들은 벌써 또 다른 희망에 가득 차 있는 것 같았다. 하지만 그러다가 그만 길을 잃어버리고 말았다.

아들의 얼굴은 불안으로 창백해지고 있었다. 하지만 아버지는 덤덤한 표정이었다. 아들이 머리 위에 있는 태양을 바라보며 아버지에게 물었다.

"아버지, 언제쯤 산 정상에 도착할 수 있을까요?"

아버지는 지도와 나침반을 보며 아들에게 말했다.

"얘야, 그것보다는 앞을 잘 보고 걸어야 한다."

아들은 대답 대신 나침반만 내려다보며 방향을 확인하는 아버지에게 화가 났다.

"이러다간 정상에 올라가기는커녕 이곳을 못 벗어날 거예요. 아버지, 좀 더 빨리 걸어야겠어요. 발걸음을 재촉하세요."

그때 아버지는 오른팔을 뻗어 가리키며 아들에게 말했다.

"얘야, 이쪽이다. 우리는 다른 방향의 길을 걷고 있었던 거야."

아버지가 따뜻한 격려의 말을 건넨다.

"얘야 정상이 멀지 않았단다. 힘을 내렴."

아들은 뼈가 어스러지는 고통 속에서도 그것을 참고 반드시 정상까지 올라가겠다고 굳게 다짐했다.

한참 걸은 후에야 목적지인 산 정상에 도착하자 아버지는 자신이 가지고 있던 나침반을 아들에게 내밀면서 말했다.

"얘야, 시간보다 더 중요한 건 방향이라는 사실을 잊지 말아라. 하마터면 우리는 산 속에서 헤맬 뻔했구나."

"하지만 아버지, 남들이 가지 않는 길을 걸으면서 많은 것을 보았어요."

"그래, 남들이 가지 않는 길을 가면 많은 어려움이 따르겠지만 아름다운 것들은 언제나 그런 곳에서 뿌리를 내리고 꽃을 피우고 열매 맺는다는 사실을 잊지 마라. 내가 지금 바라는 것은 언제라

도 고통을 이겨내고 또 다시 산을 오르려는 너의 강한 의지를 보
고자 하는 것이야."

# 20

# 눈길

고등학생 시절 가을 체육대회 날. 딸은 학급대표로 배구를 하다가 노랗게 물든 은행나무 그늘에서 딸을 바라보고 있는 아버지를 발견했다.

아버지는 뭇 사람들 속에서 깊고도 특별한 눈길로 딸만 바라보고 있었다. 와글거리는 사람들에 가려져서 보였다 안 보였다 하는 아버지는 환영 같았다. 멀리 떨어져 있는 아버지를 배구를 하다가 슬쩍 보았을 뿐인데도 빙그레 웃고 있다고 느껴진 것은 딸이 그렇게 믿고 싶어서였을 것이다.

딸은 문득 생각이 들었다.

'입학식에도 졸업식에도 식구들이라곤 찾아온 적이 없었는데. 그래서 졸업식 날 학교 대신 시장을 쏘다니다가 집에 간 적도 있었는데. 하물며 가을 체육대회 정도에 다른 사람도 아닌 아버지가 예고도 없이 오시다니……'

아버지를 발견한 순간부터 딸은 당황했다. 서브를 제대로 할 수도, 공 한번 받아치기도 힘들만큼 아버지의 눈길이 부담스러웠다.

딸에게 있어서 너무 고지식해서 어렵고 두려웠던 아버지. 망해서 고향 떠난 뒤로는 한 달에 한번쯤 집에 오는, 그나마도 밤차로 와서 이튿날 새벽에 떠나버려서 아버지라는 존재는 우물가에 수북한 기름빨래로나 확인되는 사람이었다. 그런 아버지가 그날 점심 때 딸에게 다가와 찹쌀떡 세 개와 바나나 우유를 주었다.

금방 가지도 않고 딸 옆에서 딸이 꾸역꾸역 떡 먹는 걸 지켜보았다. 아버지가 너무 어려워 딸은 "아버지도 좀 드세요" 소리도 못하고 혼자 그걸 다 먹었다. 도시락이라는 걸 싸본 적이 없었던 터라 목에 걸린 듯 뻐근하던 그때의 떡 맛을 딸은 지금도 못 잊고 있다.

농토를 빚에 넘기고 변변히 살 수 있는 돈을 마련한다고 도시를 전전하면서 떠돌던 아버지가 어느 날 인편으로 딸에게 영어사전과 녹음기를 부쳐왔다. 제대로 배우지 못한 아버지는 자신의 한을 자식들의 공부를 통하여 풀어보고자 한 것 같았다.

아버지는 도시에서 날품을 팔다가 용접 기술을 배웠다. 그건 아버지에게 자부심이자 고통이었다. 어깨너머로 배운 용접 기술로 미군부대, 용산 비행장, 대기업빌딩 등 배관공이 필요한 곳이라면 어디든 다니다가 용접 기술자로 중동에 3년 동안 파견되었다.

아버지는 사우디아라비아에서 부친 편지 끄트머리에 "월급에서 애들이 보고 싶은 책을 사보게 줘라"하고 쓰셨다.

귀국 후, 그런 딸이 고등학교에 가서 체육대회를 한다니까 아버지는 구두까지 닦아 신고 찾아와 배구공 하나 멋지게 넘기지도 못한 딸을 지켜보고, 먹을 걸 말없이 주고 가신 것이다.

그러나 평생 못 벗어난 가난처럼 살 속까지 파고드는 불똥과 눈을 쑤시는 푸른 연기. 아버지가 아파했던 건 쇠를 녹인 불똥이 튀어 생긴 상처보다 푸른 연기에 쏘인 눈의 고통이었다. 그렇게 병상에서 고생을 하다가 아버지가 돌아가셨다.

그때부터였을 것이다. 딸은 가끔 길을 가다가 뒤를 돌아볼 때가 있다. 그림자처럼 딸 뒤에, 뭇 사람들 속에, 시침 뚝 떼고 먼발치서 딸을 지켜보고 있을 것만 같아서. 돌아가신 지 벌써 몇 년이나 됐는데도 그 버릇이 없어지지 않는다.

딸에게 있어서 너무 힘든 날이나 굉장히 기쁜 날에는 어디쯤에서 아버지의 존재가 신호로라도 느껴졌으면 하는 바람을 가지고 있다.

　　아버지에 대한 인상은 나이에 따라 달라진다. 그러니 그대가 지금 몇 살이든지 아버지에 대한 현재의 생각이 최종적이라고 생각하지 말라.

　　4세 때-아빠는 모르는 게 없고 무엇이나 할 수 있어.

　　7세 때-아빠는 아는 것이 정말 많아.

　　8세 때-아빠와 선생님 중 누가 더 높을까?

　　12세 때-아빠는 모르는 것이 많은 것 같아.

　　14세 때-우리 아버지요? 아주 구식이에요.

　　21세 때-아버지와 세대 차이를 많이 느껴요.

　　25세 때-우리 아버지는 우리를 이해하고 동참하기 위해 노력하는 것 같아요.

　　30세 때-아버지의 의견도 일리가 있지요.

　　40세 때-여보! 우리가 이 일을 결정하기 전에 아버지의 의견을 들어봅시다.

　　50세 때-아버님은 지혜가 많은 분이었어.

60세 때-아버님이 살아 계셨다면, 아버지의 말씀을 들을 수 있다면 좋으련만…….

아버지란 돌아가신 뒤에도, 두고두고 그 말씀이 생각나는 사람이다. 어쩌면 아버지란 돌아가신 후에야 더욱더 보고 싶은 사람이다.

# 이 분이 제 아빠예요

운동회 날이었다. 다른 아이들은 부모와 함께 가는데 딸은 혼자였다. 교통사고로 엄마는 돌아가시고 아빠는 그 후유증으로 휠체어에 의지하고 있었다.

딸은 자기 반에서 달리기를 가장 잘했다. 남자아이들보다 빨랐기 때문에 계주경기에 출전하도록 되어있었다. 하지만 나갈 수 없었다. 계주경기는 가족과 함께 나가야 하는 것이었다.

딸은 너무 속상해 했다.

"영희야, 내가 가서 운동회 구경할 테니 속상해 하지 마라."

딸은 장애인 아빠를 둔 것이 창피했기 때문에 아무에게도 말하지 않았다. 그런데 아빠가 운동회에 와서 구경한다는 것이었다.

"됐어요. 나는 그냥 혼자 갈래요. 내 일에 신경 쓰지 마세요."

딸은 큰소리를 지르고 도망치듯 나와 버렸다.

드디어 운동회가 시작되었다. 우울했던 딸의 마음은 공을 차고 던지는 사이에 풀어졌다. 그러나 계주 경기 차례가 되자 다시 우울해졌다.

몹시 속상해 하던 딸은 잠시 후 깜짝 놀랐다. 아빠의 얼굴을 본 것이다. 이런 와중에 반갑기보다는 짜증이 났다. 아빠는 학교에 들어오지 않고 운동장이 내려다보이는 학교 바로 옆 건물 옥상에 있었다. 딸은 아이들이 알면 어쩌나 하고 두근거리는 가슴을 진정시키면서 속으로 아빠를 원망했다.

그래도 운이 좋았다.

"영희를 계주 경기에 꼭 넣어야 해요, 영희가 우리 반에서 제일 잘 달려요."

아이들이 이구동성으로 선생님께 말했다. 그래서 딸은 계주 선수로 뽑혀 달릴 수 있게 되었다. 딸과 함께 뛸 사람은 친구 아버지였다.

계주 경기가 시작되었고 딸은 자기 반 마지막 주자였다. 딸의 반 선수들은 잘 달렸다. 그러나 선두에서 밀려 2등으로 뒤쳐지면서 차이가 점점 벌어지고 있었다.

'제발 반 바퀴만 뒤져라. 그러면 내가 마지막 바퀴에서 따라 잡을 수 있어……'

딸이 마음속으로 생각하면서 초조하게 차례를 기다리고 있는데 갑자기 1등으로 달리던 다른 반 아이가 넘어졌다. 그때 2등으로 달리던 친구 아버지는 넘어진 아이에게 다가가 아이를 일으켜 세워 주었다. 무릎을 털어 주면서 등까지 두들겨 주었다. 그사이 3등과 4등은 쏜살같이 두 사람을 제치고 달렸다. 사람들은 그 광경을 보고 모두 박수를 치면서 환호했다.

"영희 아빠 파이팅!"

모두들 친구 아빠를 친아빠로 알고 있었던 것이다.

딸은 얼굴이 화끈거렸다. 뭔가 모르는 것이 가슴에 치밀어 오르는 것을 느꼈다.

넘어진 아이를 일으켜 세우느라 늦게 들어온 친구 아버지의 배턴을 이어받은 딸은 교문 쪽을 향해 달렸다. 이 모습은 본 사람들이 웅성거리기 시작했다.

교문을 지나 아빠가 있는 옥상으로 올라갔다. 아빠는 숨이 차서 헉헉 거리는 딸을 보고 깜짝 놀랐다.

휠체어에 앉아 있는 아빠의 모습을 본 순간 딸은 목이 메었다. 재빨리 휠체어를 밀고 가서 엘리베이터를 탔다. 내려오는 동안 아빠와 딸은 아무 말도 없었다. 딸은 건물 밖으로 나와 잡고 있던 휠체어 손잡이에 힘을 주었다.

"아빠, 우리 함께 달리는 거예요."

딸은 휠체어를 밀면서 힘껏 달렸다. 교문을 지나 운동장으로 들어서자 아빠와 딸을 본 사람들이 일어나 박수를 쳤다. 딸은 아빠의 휠체어를 밀면서 계속 달려 결승지점에 골인했다. 물론 꼴찌였다.

딸은 휠체어를 본부석을 향해 세우고 아빠 옆에 서서 운동장이 떠나도록 외쳤다.

"이 분이 제 아빠예요."

사람들의 박수와 환호가 울려 퍼졌다.

"영희 아빠 파이팅!"

아빠가 딸의 어깨에 손을 올려 감싸 안았다.

# 22

# 증표



아버지는 늘 두 번째였죠

아이가 장난감을 가지고 놀다가 수세식 변기에 빠뜨렸다. 변기가 막혀 할 수 없이 변기를 뜯어 다시 붙이는 공사를 벌여야 했다. 엄마는 문득 자신이 신혼여행에서 돌아와 시골 친정집에서 겪은 일이 떠올랐다.

신혼여행에서 돌아온 딸이 시골 친정집에 신랑과 함께 하룻밤을 묵으러 들렀다.

밤에 아랫배가 살살 아파오자 딸은 용변을 보기 위해 마당에 있는 재래식 화장실에 들어갔다. 희미한 불빛 속에서도 결혼반지는 반짝거렸다. 딸은 결혼반지를 손가락에서 빼어 만지작거렸다. 그러다가 손이 미끄러져 결혼반지를 놓치고 말았다. 반지는 똥통에 빠져 버리고 말았다.

화들짝 놀란 딸이 구멍을 통해 아무리 아래를 내려다보아도 똥속에 묻혀 버린 반지는 보이지 않았고, 지독한 냄새에 얼굴만 벌게졌다. 하는 수 없이 화장실 밖으로 나왔지만 딸은 안절부절못했다. 이때 밖으로 나오시던 아버지가 딸의 이런 모습을 보았다. 평소 딸의 표정을 잘 알고 있는 아버지는 자초지종을 물었다.

"너 표정이 안 좋아 보이네. 어디 아픈 것 아니냐? 무슨 안 좋은 일이라도 있냐? 혹시 신랑하고 무슨 일이 있는 거 아니냐?"

"아무 일도 없습니다."

"아무 일도 없다면서 왜? 나는 못 속인다. 너 얼굴 보니 걱정이 꽉 끼어 있네."

딸은 난감하고 걱정스런 표정을 지으며 사실대로 말했다.

"아닙니다. 아버지. 그런데 결혼반지를 그만 화장실에 빠뜨려 버렸습니다. 아무리 찾으려고 해도 찾을 수가 없습니다. 신랑이 알면 신혼부터 얼마나 재수 없다고 하겠습니까? 신랑한테는 절대로 말하면 안 됩니다."

아버지는 걱정하는 표정을 지으면서도 애써 담담하게 말했다.

"아니야. 예전부터 똥 꿈꾸면 돈이 생긴다고 한다. 그러니 넌 부자로 잘 살 거야. 반지는 걱정하지 마라. 내가 똑같은 것으로 사 줄게."

"아버지. 우리 형편에 어떻게 똑같은 반지를 사 줄 수 있겠습니까? 괜한 짓 하지 말아요. 그나저나 어떡하면 좋습니까?"

"걱정하지 말라니까 그런다. 어떡하던지 내가 똑같은 것으로 마련해 줄게. 마음 푹 놓고 있어."

빠듯한 살림살이에 또다시 값비싼 결혼반지를 마련할 수 없다는 것을 알면서도 딸은 아버지의 말이 커다란 위안이 되었다.

딸은 신혼 살림집으로 되돌아왔다. 신랑은 눈치를 못 챈 듯했다. 딸의 머릿속은 반지 생각으로 가득 찼다.

오후 나절에 신혼집의 전화벨이 울렸다. 딸이 받으니 들뜨고 흥분된 아버지의 목소리가 들려왔다.

"내다! 반지 찾았다! 깨끗이 씻어 닦아 놓았으니 가지러 와라."

"아버지! 뭐라고요? 어떻게 된 건데요?"

"너 가고 나서 똥바가지로 조금씩 퍼내어 체 위에 물 부어가며 샅샅이 뒤졌다. 비누에 여러 번 씻어서 깨끗이 닦아 놓았으니까 아무 걱정 말고 마음 푹 놓고 있어."

아버지는 딸의 결혼반지를 찾기 위해 딸이 집을 나서자마자 분뇨를 조금씩 퍼내 체에 거르며 샅샅이 뒤진 것이었다.

반지를 돌려받은 딸은 자나 깨나 반지를 살피며 말했다.

"이 반지 보면 아버지 생각이 납니다. 이 반지는 아버지 사랑의 증표입니다."

아버지가 시름시름 앓기 시작하더니 쓰러지고 말았다. 병원에서는 급성간경화로 간이식 수술을 하지 않으면 3년을 넘기기 힘들다는 사형 선고와 같은 판정을 내렸다.

다른 사람의 간을 이식 받아야 했지만 마땅한 기증자를 찾지 못해 치료는 계속 미뤄졌다.

그 사이 여러 방법의 치료에도 불구하고 온몸이 퉁퉁 붓고 병세는 점점 더 악화되어 갔다.

어머니는 남편을 살려야겠다는 생각에 아무 경황이 없었다. 1남 1녀의 자식에게 아버지를 살리자고 제안했다. 남매를 데리고 병원에 가서 여러 검사 결과 혈액형이 같은 딸이 이식이 가능하다는 결과가 나왔다. 하지만 고등학생인 딸은 병원에서 장기를 기증할 수 있는 법정나이인 만 16세에 몇 개월이 부족했다.

딸은 몇 개월을 손꼽아 기다렸다. 만 16세가 되자 딸은 꺼져가는 아버지의 생명을 살리기 위해 의사를 찾아갔다.

"제 간을 아버지에게 이식하겠습니다."

의사는 어머니를 불러 최종 결정을 하라고 말했다. 어머니는 울면서 생각했다.

'내가 전생에 무슨 죄를 지었기에 남편의 목숨을 놓고 딸의 장기를 떼어내야 하는 것을 저울질하는 어미가 되었을까?'

하지만 어머니는 딸의 완강함과 남편의 목숨을 살리기 위해 수술 서약서에 도장을 찍었다.

아버지는 어린 딸로부터 간을 이식 받는다는 것은 생각지도 않았다. 이 소식을 들은 아버지는 눈물을 흘리며 말했다.

"우리 딸이 아빠를 치료해 주겠다는 말을 하긴 했지만, 정말로 수술이 이루어지리라고는 생각지 못했어."

수술 날이 다가오자 어머니는 지옥의 나락으로 떨어지는 심정이었다. 간이식 수술을 위해 아버지와 딸이 침대에 실려 수술실로 들어가서 수술대에 누웠다.

장시간에 걸친 수술에서 아버지는 간을 거의 모두 떼어내고 딸로부터 600g의 간을 이식 받았다. 병세가 크게 호전된 아버지는 딸에게 말했다.

"정말 고맙다. 무섭지 않았니?"

"제가 나서지 않고는 아버지가 병에서 나을 수 없다는 사실을 알고 있었기 때문에 전혀 무섭지 않았어요."

# 23

# 번지점프



아버지는 늘 두 번째였죠

청각장애인으로 소리 없는 세상을 살아가는 딸은 색깔을 찾는 숨바꼭질을 하고 있었다. 그림 속에서 자신만의 색깔을 찾는 일은 딸이 오랫동안 간직해온 소망이었다. 그림은 자신의 마음의 소리이자 세상을 향한 고백이다.

딸은 선천적으로 소리를 들을 수 없는 청각장애인으로서 일반 고등학교 2학년이었다. 장애인 딸이 일반 학생들과 경쟁을 하며 생활하는 것은 너무나 힘든 일이었다. 딸은 말하는 사람의 입 모양을 보고 내용을 대충 이해해야하기 때문이었다.

선생님의 강의도 다 이해할 수 없어 옆자리 친구가 쓴 노트 필기를 따라 쓰기에 바빴다. 그래도 부족하여 수업이 끝나자마자 종종 걸음으로 선생님에게 달려가 물었다. 이러한 노력으로 성적은 상위권이었다.

화가가 되고 싶은 딸은 미술대학 진학을 목표로 삼았다. 딸을 그림으로 이끈 것은 아버지였다. 어릴 때는 취미로 했지만 딸의 미래가 될 수 있도록 있는 힘을 다하여 뒷바라지를 했다. 딸이 사생대회에 참가하는 날이면 아버지는 아내와 동행하여 뜨거운 응원을 보냈다.

아버지는 딸에 대하여 절망보다는 희망을 택했다. 딸과 함께 테니스를 치고 매일 입에 볼펜을 물리고 발음 연습을 시켰다. 그러나 딸은 자주 발음 공부를 거부했다. 발음 공부가 싫어서가 아니라 알아들을 수 없는 말로 감정을 나누는 게 어렵다는 것을 알고 있었고 다른 사람들의 놀림감이 되기가 싫기 때문이었다.

딸이 방에 들어가 알 수 없는 소리를 지르자 아버지가 물었다.

"너는 왜 속에 있는 자신과 티격태격 해?"

딸은 이렇게 답답할 때면 혼자서 세상을 향하여 마음속에 있는 말을 내뱉어야 속이 후련해지곤 했다.

학교에서 예술대학 진학반의 행위예술 수업이 시작되었다. 딸은 자신이 준비한 도끼를 들고 교탁 앞으로 나갔다. 급우들이 웅성거리다 쥐 죽은 듯이 조용해졌다. 딸은 도끼를 치켜들고 의자를 부수기 시작했다. 몇 번씩이나 도끼를 내리치면서 의자의 나무를 조각 낸 다음에 미리 종이에 적은 작품 내용을 해설했다.

"자신의 마음 속 깊이 간직한 분노, 답답함, 또한 자신 안에 갇힌 자신을 깨우기 위한 것을 표현했습니다."

긴장을 하며 지켜보던 급우들은 도끼를 들고 과감한 표현을 한 용기에 박수로 격려했다.

아버지는 딸을 위해 청각장애인의 귀가 되어준다는 보청견을 분양 받기로 했다. 보청견은 청각장애인의 일상생활에 필요한 소리를 알려주고 사람과의 친화력이 강해 옆에 있으면서 친구가 되어주는 개였다.

보청견은 초인종, 노크, 전화벨, 주전자 소리 등 청각장애인들이 일상생활에서 꼭 필요로 하는 소리를 듣고 주인에게 알려주는 훈련을 집중적으로 받는다. 사람이 많은 백화점이나 공공장소에서도 동요하거나 겁먹지 않는 훈련도 거치면서 명령에 복종하고 주인을 배려하는 품성을 기른다. 보청견은 훈련을 끝내면 청각장애인에게 분양되어 같이 살아간다.

딸은 훈련을 끝낸 보청견을 분양 받았다. 보청견을 분양 받은 이후로 딸의 생활에는 많은 변화가 생겼다. 소리를 들을 수 없어 긴장과 어려움의 일상생활 속에서 이제는 세상을 향해 두려움 없이 한 걸음 한 걸음씩 나아가기 시작했다. 장애인이라는 마음의 장애를 극복해 나갔다.

세상의 소리를 듣고 싶어 했던 딸은 초인종이 울리자 보청견의 도움으로 문을 열고 손님도 맞이했다. 알람시계 소리를 듣지 못해 아침마다 엄마가 깨워주던 것을 보청견이 알람소리를 듣고 침대 위에 뛰어올라가 이불 속으로 파고들면서 깨워주었다. 심지어 주전자 물끓는 소리와 압력밥솥의 김빠지는 소리도 알려주었다.

자신의 감정을 표현하는 것이 서툰 딸은 보청견과 함께 하면서 서서히 모난 마음을 다독여 장애를 극복해갔다. 닫혔던 마음의 문을 열고 자신감을 가졌다.

소리를 들을 수 없는 딸이 가족과 함께 음악발표회에 갔다. 돌아오는 길에 아버지에게 졸랐다.

"번지점프를 꼭 한 번 해보고 싶어요."

초여름의 햇살을 받으며 딸은 가족과 함께 번지점프를 하는 곳으로 향했다. 그간 마음에 쌓인 답답함과 자격지심을 버리고 새로이 태어나기 위해 번지점프대 앞에 섰다. 드디어 번지점프를 했다. 그것은 그동안 닫힌 마음의 문을 열고 밝은 세상과의 벽을 허무는 첫 시작이자 자신감의 표현이었다.

# 24

# 컴퓨터 게임

"너 이제부터 대학입시에 전력을 기울여야 할 텐데 게임 기구를 왜 사왔어?"

고등학교 2학년인 아들이 용돈을 모은 돈으로 게임기구인 플레이스테이션을 사왔다. 아버지가 대학입시에 한창 열심일 시기의 아들에게 나무라듯이 말을 했다.

"아니에요 아버지. 요즈음 공부를 열심히 하고 있어요. 공부를 하다 잠시 머리를 식힐 때 한 번씩 하려고요. 오히려 공부의 능률을 올려줄 거예요."

아들은 고등학교 1학년 때까지 줄곧 5등 안에 드는 상위권 성적이었다. 그래서 2학년에 올라와서도 방과 후의 자율 학습은 상위권 학생들만의 별도의 공간에 배정되었다.

상위권이 아닌 학생들은 자신의 학급 교실에서 자율학습을 했지만 상위권 학생들 공간은 독서실처럼 칸막이가 설치되어 있고 냉난방 시설이 갖추어져 있었다.

아버지는 아들에 대하여 자부심을 느끼고 자율학습시간을 마칠 때쯤이면 아들을 데리러 학교로 갔다. 그런데 다른 학생들이 다 나올 때까지 기다려도 아들은 나오지 않았다.

아버지는 '아들이 나오는 것을 보지 못했겠지⋯⋯. 먼저 집으로 갔겠지⋯⋯.' 생각하면서 집으로 돌아왔다. 하지만 한 시간이 지나도 아들은 돌아오지 않았다. 자정이 다 되어서야 돌아온 아들은 당당하게 말했다.

"공부를 좀 더 하고 오다가 친구들과 라면을 먹고 늦었어요. 앞으로 공부를 더하고 올 테니까 데리러 오지 마세요."

"그래 힘들지? 열심히 하는구나. 내년까지 고생해서 네가 원하는 대학에 들어가도록 해야지. 일찍 자거라."

아들은 머리를 식힌다면서 플레이스테이션을 컴퓨터에 연결해 밤늦도록 게임에 몰두했다.

이러한 날들이 반복되는 가운데 2학년 1학기 중간 성적표가 여름방학 때 우편으로 집에 부쳐 왔다. 그런데 이게 웬일인가? 성적이 중간정도로 형편없이 떨어져 있었다.

아버지와 어머니는 아들에게 성적표를 이야기하지 않고 아들의 자율학습을 마친다는 시간에 학교로 가 보았다. 이미 학교는 불이 꺼진 칠흑이었다.

늦게 돌아온 아들에게 "왜 늦었느냐?"고 물어 보았지만 예전과 같은 대답이었다.

"늦게까지 공부하다 친구들과 편의점에서 컵라면 하나 먹고 늦었습니다."

아버지는 거짓말이라는 것을 알면서도 다그치지 않았다.

"그러냐? 수고했다."

다음 날 아버지는 퇴근하자마자 자율 학습이 시작될 무렵 학교로 가보았다. 아들은 학교에 없었다. 학생들에게 물으니 평소 자율 학습에 잘 참석하지 않는다는 것이었다. 같은 반 학생 중 하나가 PC방에 있을지 모른다며 아들이 학교에서 컴퓨터 게임의 최고수라고 귀띔해 주었다.

아버지와 어머니가 늦게 집으로 돌아온 아들에게 다그쳐 묻자 PC방에 있었다는 사실을 실토했다. 아들은 그동안 게임에 푹 빠져 있었다.

아들에게 아버지가 타이르듯이 말했다.

"앞으로도 계속 이렇게 할 거냐?"

"걱정 마세요. 이제 공부 열심히 할 거예요."

아버지의 아들에 대한 관심은 계속되었다. 하지만 아무런 소용이 없었다. 자율학습과 학원에 다닌다는 핑계로 게임에 탐닉했다.

일요일에도 학원에 특강이 있다고 하여 같이 가보면 학원 문은 잠겨 있었다. 학원에 간다는 핑계로 PC방에 가서 게임을 하려고 했던 것이었다.

급기야 자신의 방에 있는 컴퓨터 바탕화면에다 스타크래프트를 깔아놓고 원격으로 늦은 밤까지 게임에 몰두했다. 나중에는 잠을 자다가도 허공에다 두 손으로 컴퓨터 자판을 두드리며 게임을 하는 흉내를 내었다.

성적은 계속 떨어졌다. 아무리 꾸중을 하고 달래도 보았지만 그때뿐이었다. 나중에 안 사실이었지만 대학입시에 몰두해야 할 고등학교 3학년 시절에 게임 대회에까지 출전을 했었다.

수능시험을 보았다. 성적은 좋지 않았다. 본인이 원하는 대학을 가기에는 턱없이 부족한 성적이었다. 아버지는 아들을 불러 조용히 말했다.

"자식이 어떤 대학에 다닌다는 과시 대상이 되어서는 안 된다고 생각해. 아버지는 괜찮으니 네가 좋아하는 게임학과에 가는 게 어때?"

"아닙니다. 아버지, 게임은 단지 취미생활이에요. 재수해서 원하는 대학에 갈 거예요."

아들은 재수를 시작했다. 하지만 마찬가지로 컴퓨터 게임에 정신이 팔려 학원수업을 빼 먹기가 일쑤였다. 수능시험을 보았다. 작년과 비슷한 성적이었다.

아버지의 강권에 할 수 없이 성적에 맞춰 대학에 입학을 했다. 대학에 입학해서도 컴퓨터 게임에 몰두했다. 매월 게임 잡지까지 사서 분석을 했고 신종 게임 프로그램까지 섭렵을 했다.

대학 1학년 1학기의 성적표가 집으로 날아왔다. 형편없는 성적이었다. 아들은 군대에 입대하기로 마음을 먹었다. 대학에 휴학계를 내지 않고 자퇴서를 냈다.

아들이 군에 입대하면서 아버지에게 말했다.

"아버지, 군에서 강인한 정신력을 기르고 오겠습니다. 대학은 자퇴를 했습니다. 군대를 마치고 열심히 공부해서 원하는 대학에 입학하겠습니다."

"알았다. 인생에서 몇 년 늦게 시작하는 건 아무 것도 아니다. 첫 단추를 어떻게 끼우는가 하는 것이 제일 중요하다. 너를 믿으니 군대에서 아무 생각 말고 능동적으로 군 복무를 하기 바란다."

아들이 훈련을 마치고 편지를 부쳐 왔다.

'부모님, 군대에 오니 따뜻한 가정이 그리워집니다. …… 내가 왜 그때 공부를 열심히 하지 않았는지 후회가 됩니다. 막상 군대에 오니 공부가 제일 쉬운 일이라는 생각이 듭니다. ……'

아들이 제대를 앞두고 여름철에 마지막 휴가를 나왔다. 아버지와 아들은 서해 바다로 우럭 배낚시를 나갔다. 즐거운 마음으로 낚시를 했다. 아버지는 자신이 고기를 잡을 때 보다 아들이 고기를 잡을 때 훨씬 기뻐하는 표정을 지었다. 같은 배를 탄 낚시꾼들이 아버지와 아들이 함께 낚시하는 모습을 보고 몹시 부러워했다.

낚시를 마치고 집으로 돌아오는 차안에서 아들이 아버지에게 말했다.

"이번에 제대하고 나면 공부 열심히 할 거예요."

"그래. 네 인생은 네 자신이 책임지는 거야. 부모가 대신 해 줄 수 없는 거지. 부모는 단지 조언과 뒷바라지를 해줄 뿐이야. 어떤 간섭도 하지 않을 테니 네 마음껏 최선을 다해 봐."

아들은 제대를 했다. 정말 무섭도록 1년여 동안 공부에 몰두했다. 수능시험을 보았다. 최상위 등급의 성적으로 원하는 대학에 입학했다.

"아버지 감사합니다. 아버지께서 저를 믿고 묵묵히 기다려주신 결과입니다."

# 25

# 담배





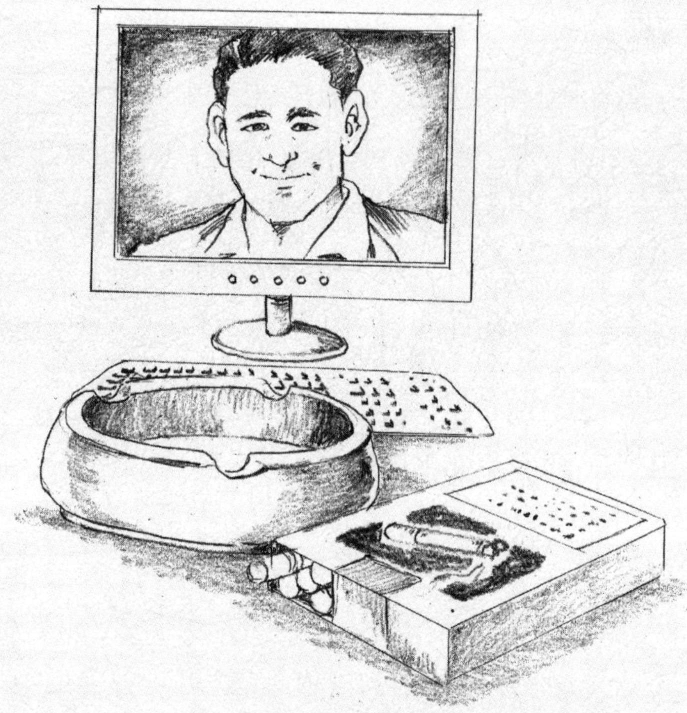

"너는 왜 무더운 여름인데도 방에 들어가기만 하면 방문을 잠그고 그래?"

고등학교에 다니는 아들은 자신의 방으로 들어가면 꼭 문을 잠갔다. 아버지와 어머니는 '한창 때인 사춘기라서 그렇겠지' 하고 여겼다.

아들이 학교에 가고 나서 어머니가 방 청소를 하러 들어갔는데 담배 냄새가 나는 것이었다. 책상 위를 쳐다봐도 담배는 보이지 않았고 방안에 재떨이조차 없었다.

그래도 분명히 담배 냄새가 나기에 책상서랍을 열어보니 담뱃갑에 담배꽁초와 함께 담뱃재가 들어 있었다. 어머니는 반상회에서 아파트 1층에 사는 주민이 말한 것을 떠올리며 그 이유를 알았다.

"화단에 담배꽁초가 자꾸 떨어져요. 위층에서 누가 담배를 피우고 꽁초를 버리는 것 같은데 행여나 잔디에 불이라도 나면 큰일이에요."

이 말을 들으며 맞장구를 한 어머니는 그 원인 제공자가 자신의 아들일 줄은 생각조차 하지 않았었다.

걱정과 실망이 교차하며 저녁에 퇴근하고 돌아온 남편에게 이야기를 했다. 아들은 학원에서 아직 집에 들어오지 않은 시간이었다.

"큰일 났어요. 얘가 담배를 피우는 것 같아요. 어떻게 하면 좋죠?"

"너무 걱정 말아. 나도 고등학교 때 담배를 피웠는데 뭐."

"당신 지금 담배를 피우지 않지 않아요? 그럼 언제 담배를 끊었어요?"

"대학을 다니다 군에 가기 전까지 담배를 피우다가 군에 가서 담배를 끊었어."

"많은 남자들은 군에 가서 담배를 배웠다고 하던데요?"

"군에 와서 뭔가 새로운 각오를 해야 한다고 생각해서 담배를 피우지 않았지. 그때부터 담배를 일절 끊었어."

"그런데 대학입시를 앞두고 얘가 건강에 좋지 않은 담배를 피우니 어떻게 해요?"

"호기심으로 피울 수도 있는 것이니 너무 걱정하지 말고 당신은 얘한테 아무 말도 하지 말아요."

아버지는 다음 날 아들이 피우는 담배보다 좋은 담배를 많이 사서 재떨이와 함께 아들의 방 책상 위에 놓아두었다. 그리고 아들의 이메일로 편지를 띄웠다.

'담배가 건강에 해로운 것을 떠나 담배를 끊을 수 있을 정도의 각오가 있어야 네가 원하는 대학에 합격할 수 있을 것이다. 네가 담배를 계속 피우기 원하면 아버지는 책상 위에 놓인 좋은 담배를 계속 공급하마. 그리고 담뱃재는 재떨이에 털어라.'

다음날부터 아들의 방에서 담배 냄새는 없어졌다. 아버지가 책상 위에 놓아둔 담배도 한 달 째 고스란히 그대로 놓여 있고 재떨이에는 담뱃재가 아니라 먼지가 쌓여갔다.

아버지의 이메일로 아들의 편지가 왔다.

'아버지, 담배를 끊었습니다. 공부 열심히 할게요.'

저녁 식사를 함께 하면서 아버지와 아들은 서로를 쳐다보며 그들만이 아는 미소를 지어 보였다.

# 재혼



아버지는 늘 두 번째였죠

"아버지, 결혼하십시오. 혼자 지내시기 적적하지 않습니까? 어머니 되실 분은 제가 소개하겠습니다."

대학에서 사회복지학과 교수로 있는 아들이 아버지에게 전화를 걸어왔다.

"그래, 관심은 고맙다만 내 나이 일흔인데 무슨 주책이라고 결혼을 하겠느냐? 내가 혼자 지내는 것에 부담을 전혀 가지지 마라."

아버지는 평생 의사로 근무하다가 지금은 사회사업과 봉사 단체에 관계하면서 노후를 보내고 계셨다. 1남 5녀를 훌륭하게 키워다 출가를 시켰으며 부인과는 3년 전에 사별을 하였다.

대학교수인 아들이 어머니가 돌아가시자 아버지를 모시겠다고 하였으나 아버지는 한사코 거절하였다.

"내 건강이 아직 정정하니 걱정하지 말고 후학을 가르치는데 전력을 기울여라."

그러면서 파출부를 두고 골프와 독서로 소일거리를 했다.

아들이 보기에 아버지는 어머니가 돌아가시고 난 다음에 힘이 없고 무척이나 외로워하신다는 사실을 알았다.

아들은 매년 가을이면 출가한 여동생들의 가족들과 함께 아버지를 모시고 대가족으로 구성된 고향여행을 했다. 하지만 가족여행의 즐거움에서도 문득문득 어머니의 빈 공간이 느껴졌다. 자식들이 채울 수 없는 아내의 역할이 있다는 사실을 더욱 깨달았다.

아들은 좋은 분이 있으면 새 어머니로 모셔야겠다는 결심을 했다. 두 달 전 노인 문제 연구를 위한 컨설팅 과정에서 아들이 생각하는 적합하고 좋은 분을 만난 것이었다. 아들은 아버지 댁으로 갔다.

"아버지, 아까 전화로 말씀드린 건입니다. 전혀 부담을 갖지 마시고 결혼하십시오. 대개 자식들이 아버지가 재산이 많으면 아버지의 재혼을 반대합니다. 우리 자식들은 부모님의 충분한 뒷바라지로 이렇게 성장한 것에 만족합니다. 아버지의 재산은 두 분이 편안히 노후를 보내시면서 사회사업과 불우한 시설에 기부하십시오."

"네 말에도 일리가 있다만……."

"일단 한 번 만나보세요. 괜찮은 분입니다. 아버지가 마음에 들어 하시면 어머니로서 잘 모시겠습니다."

아들이 아버지를 모시고 중매쟁이가 되어 새어머니와 선을 보게 되었다. 선을 보고 나오자마자 아들이 아버지에게 물었다.

"아버지, 어땠습니까?"

"괜찮게 보이긴 하더라만……."

"아버지 그러면 하십시오. 제가 다 알아서 하겠습니다."

아들은 깔끔한 식당을 예약하여 전 가족들과 함께 아버지와 새어머니의 결혼식을 치렀다. 1남 5녀의 가족별로 아버지와 새어머니께 절을 올렸다. 아버지께서는 쑥스러워 하셨지만 기분이 흡족한 표정이었다.

아들은 일요일 가족들과 함께 아버지 댁을 방문했다. 새어머니가 차려준 밥상에 둘러앉아 함께 식사를 했다. 행복한 미소를 짓고 있는 아버지를 바라보며 자신의 마음도 편안해짐을 느꼈다.

# 27

# 버팀목

아버지는 늘 두 번째였죠

밤새 눈이 소복이 쌓인 겨울 아침, 아버지는 아름답게 내리는 눈을 보고는 전화기부터 들었다. 멀리 떨어진 지방에서 이혼한 아내와 함께 지내며 고등학교에 다니는 딸에게 눈 소식을 전해주고 싶었기 때문이었다.

아버지는 결혼하던 해에 희귀병으로 하반신 마비가 시작됐다. 갓 결혼한 아내는 딸을 임신한 지 5개월이었다. 아버지는 가장으로서 남편으로서 할 수 있는 일이 아무 것도 없었다.

아내는 10년 동안 정성을 다해 남편을 뒷바라지했다. 남편은 자신의 부족함을 한탄하며 아내와의 이혼을 결심했다. 쓰린 마음을 안고 아내가 보다 젊을 때 새로운 인생을 출발하게 해주고 싶었다.

아버지는 고향을 떠나 멀리 떨어진 장애인 재활작업장을 찾았다. 가족도 없이 힘들고 외로운 생활이 시작되었다. 무엇보다도 딸이 보고 싶었다. 아버지의 고단한 삶을 견디게 해주는 유일한 버팀목은 딸이었다.

딸은 고등학생이 되었다. 어머니와 함께 지내며 학교에 다니고 있는 딸은 방학만 되면 아버지를 찾아왔다. 부녀간 혈육의 끈이 고달픈 생활 속에서도 운명에 무릎 꿇지 않고 버티어가는 힘이었다.

걸을 수 없는 휠체어 장애인인 아버지는 장애인 재활작업장에서 기숙사 생활을 하며 일을 하고 있었다. 어쩌면 아버지의 인생은 기다림의 인생인지도 몰랐다. 아버지는 방학 기간 동안의 1개월을 딸과 함께 지낼 날을 꿈꾸며 5개월을 손꼽아 기다렸다.

아버지는 겨울방학이 시작되자 딸에게 줄 목도리 선물을 준비하고 방을 청소해놓고 딸이 오기를 기다렸다.

딸은 도착하자마자 엄마가 마련해준 반찬을 챙겨놓았다. 아버지와 어머니는 이미 오래 전에 이혼하여 재혼을 하지 않고 각자의 생활을 살아갔다. 어머니는 아버지를 만나러 가는 딸의 손에 반찬을 들려 보낼 정도로 사이가 나쁘지 않았다.

딸은 아버지와 함께 지내는 방학 기간 동안 아버지를 위해 때로는 친구요 보호자처럼 몸으로 마음으로 할 수 있는 모든 것을 다 했다. 시간이 날 때마다 마사지와 운동을 시켜드렸다.

딸은 아버지의 흰머리가 내심 마음에 걸려 염색을 해주기로 마음먹었다. 염색을 해주면서 딸은 그동안 한 번도 진지하게 얘기하지 않았던 어머니와 아버지 관계에 대한 이야기를 꺼냈다.

"난 솔직히 엄마 아빠에 대해 신경 쓰고 싶지 않아요."

딸은 엄마와 아빠의 재결합을 간절히 바라면서도 마음과 달리 이런 말을 내뱉었다.

"엄마가 아빠 때문에 고생을 참 많이 했지. 떨어져 살게 되어 너에게 미안하구나."

아버지와 딸은 한동안 말을 잃었다. 딸이 눈물을 보이자 가슴이 미어진 아버지도 눈물을 흘렸다.

딸의 소원은 아버지와 어머니와 함께 오순도순 살아가는 것이었다. 아버지와 어머니가 정이 없거나 사이가 안 좋아서가 아니라 아버지의 건강이 이혼의 원인임을 알고 있었다. 딸이 방학 때마다 열심히 아버지의 다리를 주무르고 운동을 독려하는 것은 아버지의 건강을 되찾게 하여 가족들이 함께 살려는 간절한 희망이 있기 때문이었다.

방학이 끝나고 딸이 돌아갈 날이 하루하루 다가오자 아버지와 딸은 마치 긴 이별을 앞둔 사람들처럼 안타까워했다. 딸은 몸이 편찮은 아빠와 마음을 함께 하면서 언제까지나 아빠에게 삶의 보람과 기쁨을 주는 딸로 남겠다는 다짐을 했다.

딸이 고등학교 2학년으로 올라가면 대학입시 준비 때문에 지금까지처럼 방학에 아버지와 함께 많은 시간을 보낼 수 없을 게 뻔했다. 딸은 자주 만나기 어려워질 아버지를 기억하기 위해 아버지 손을 석고로 뜨고 함께 휴대폰으로 사진을 찍었다. 그리고 아버지에게 오기 전, 어머니와 함께 찍은 사진을 사진관에 몰래 맡겨 세 사람이 다정하게 함께 있는 모습으로 합성하여 인화하였다.

방학이 끝나고 딸은 떠나면서 사진관에서 인화한 사진을 아버지에게 건넸다. 순간 아버지의 표정에서 미안함과 행복함이 교차하는 것을 느낄 수 있었다. 아버지는 휠체어에 앉아 손으로 잘 가라는 인사를 했다.

아버지는 또다시 혼자 남았지만 딸이 베풀고 간 가슴 따뜻한 흔적들이 다시 만날 때까지 버틸 수 있게 하는 버팀목이었다.

딸은 집으로 돌아와 어머니에게도 사진을 건넸다. 어머니는 뭔지 모를 씁쓸한 웃음을 지었다. 딸은 언젠가 아버지와 어머니와 함께 모여 살날을 꿈꾸고 있었다.

# 28

# 이겨내야 하는데

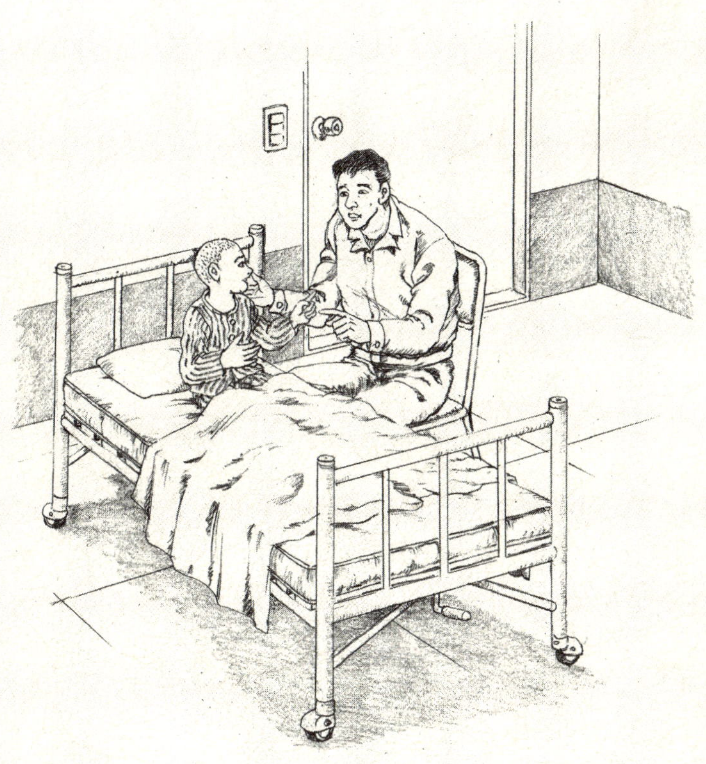

열네 살의 아들이 공기받기 놀이를 하고 있었다.

아들의 부모는 정신 연령이 낮은 장애인이었다. 글을 읽을 줄도 모르고 쓸 줄도 몰랐다. 아버지는 생각이 느리고 길을 잘 잃어버렸다. 이런 가족들을 위하여 이웃에 사는 큰아버지와 이모가 집안을 돌보아주고 있었다. 또 이런 부모를 대신하여 어린 아들이 보호자 아닌 보호자 역할을 하고 있었다. 아들은 오히려 부모의 든든한 바람막이였다.

순진한 아빠 엄마는 표현은 서툴지만 너무나 아들을 사랑했다. 아들에겐 세 살 터울의 누나가 있었지만 3년 전에 동네 저수지에 멱을 감으러 갔다가 물에 빠져 죽었다.

아들은 초등학교 2학년 때 신경모세포종이라는 암이 발병하여 벌써 네 번째 재발하고 있다.

암 환자인 아들에게는 한 가지 소망이 있었다. 언제까지 모자라는 부모를 위할 수 있게 해달라는 것이었다.

부모는 아들의 병이 그저 심상치 않다는 정도만 알고 있었다. 하지만 아들은 암세포가 머리와 온몸으로 퍼진 심각한 상태였다.

이제 아들은 며칠 뒤 항암 치료를 위하여 다섯 번째 입원을 해야 했다.

지난번에 아들이 암 수술을 했을 때 아버지는 수술이 곧 죽는 것인 줄 알고 비관하여 농약을 마시고 자살을 기도했었다. 이제 또다시 병원 입원을 앞두고 아버지와 어린 아들이 대화를 나눴다. 언제나처럼 친구처럼 친근한 반말이 오고갔다.

"수술? 수술하지 말라고?"

"그래."

"수술 안하고 치료만 한다잖아."

"너 입원하면 내 병원으로 올라갈 거다. 더 쬘 데가 어디 있나?"

"쬘 데가 있으면 쬘 거야?"

"함부로 수술하지 말라고 그래라."

"수술? 알겠다."

"아빠 보면 생각나는 게 있다. 지난번에 병원에서 나 수술한다고 했을 때 어떻게 그걸 마셔? 농약 마실 생각을 다 했어? 할 말이 많다고? 말해 봐봐, 내가 들어줄게."

“너 하나 보고 사는데 너 잘못되면 나는 죽어 버릴 거다. 네 누나 하나 보낸 것도 억울한데…….”

병원 이야기만 나오면 아버지는 화가 났다. 그런 마음을 누구보다 잘 헤아리는 아들이었다.

아들은 지난 5년간 절반 이상 결석을 했다. 아들이 병원에 입원하기 전 마지막으로 학교에 출석했다. 학교에서는 아파도 아픈 내색을 하지 않고 씩씩하게 열심히 축구를 했다. 담임선생님이 아픈 몸으로 열심히 축구를 하는 아들에게 물었다.

“운동을 열심히 하면 몸이 튼튼해져서 병이 빨리 나을 것 같아서요. 그리고 축구를 하면 돈 많이 벌잖아요. 돈 많이 벌면 우리 아빠랑 엄마랑 좋은 집으로 이사 가서 행복하게 살고 싶어요. 그런데 지금은 별로 기분이 안 좋아요. 그냥 내가 왜 이 병에 걸렸는지 이유도 모르겠고……. 또 잘 살고 싶은데 잘 안 살아지고…….”

아들은 아빠 엄마의 울타리였다. 부모를 위하여 빨리 건강해지고 싶었다.

엄마는 면역이 약한 아들을 위하여 쓸고 닦고 하는 일을 부지런히 했다. 아들의 사진 액자를 닦으며 “잘 생겼다”고 혼자 중얼거렸다.

엄마는 딸이 죽은 저수지로 나와 울면서 “엄마 대신 보살펴 준

동생을 낫게 해 달라"고 하늘에 있는 딸에게 빌었다.

병원에 입원하기 전날. 방안에서 아버지와 아들이 아무 말 없이 30분이 넘도록 마주하고 있다.

아버지가 어렵게 입을 뗐다.

"병원 가서 의사 말 잘 듣고…… 너 때문에 고민이다."

"내가 어쨌는데?"

"지난 번 입원했을 때 너 나한테 뭐라고 했었나? 낫는다고 그랬지?"

"그런데 무슨 꼴이야 이게…… 그 말이지?"

"이번에는 꼭 나아야 한다."

지난번 병원에 입원했을 때 나아오겠다는 아들의 말을 철썩 같이 믿었던 아버지. 이번에는 약속을 지켜주겠지 하면서 아들을 믿었다.

이번 병원 입원은 한 달 일정이었다. 아들은 엄마와 함께 시골집을 떠나 치료를 받았던 도시의 대학병원에 입원했다.

아들은 힘든 항암 치료를 받았다. 고용량 항암제 투여로 생과 사의 기로에 놓여있었다.

아버지가 병원으로 아들을 찾아왔다. 아들은 아버지가 반가울 뿐이었다. 힘이 들어 꼼짝 않던 아들이 누워있던 침대에 일어나

앉아 아버지에게 말했다.

"퇴원해서 집에 가면 자전거 사줘. 새 걸로 사줘."

"응."

아버지는 병원 복도에 나와 울먹이며 같이 온 친지에게 말했다.

"내가 아들 하나 보고 사는데……. 병을 이겨내야 할 텐데……."

그날 아들은 병마와 힘든 항암 치료를 견디지 못하고 열네 살의 짧은 생애를 마쳤다. 의젓한 아들이었고, 씩씩한 아들이었고, 다정한 친구였던 아들. 이 세상에 태어나 아빠 엄마의 빛이 되어 준 아들. 고통 없는 세상, 결국 그곳으로 아들은 떠났다. 아빠 엄마의 가슴속에 소중한 기억들로 채워져 영원한 빛으로 남은 채.

# 수제비

출가한 딸이 남편과 함께 저녁식사로 감자를 넣고 수제비를 끓여 신나게 먹고 있었다. 이때 시골에서 농사를 짓고 계시는 친정아버지로부터 전화가 걸려왔다. 딸은 아버지의 건강을 걱정하고 있던 참이라 무척이나 반가웠다.

"아버지, 요즈음 조금 머리가 무겁다고 하시던데……. 농사를 지으시느라고 너무 무리하시는 것 아니에요?"

"점점 나아져 가고 있다. 조금 있으면 괜찮아지겠지. 네 서방은 들어왔냐?"

"네. 지금 같이 수제비를 먹고 있어요?"

"……."

요즈음 남편의 사업이 어려워 형편이 넉넉하지 못했지만 쌀을 살 돈이 없어서가 아니라 밀가루 음식을 아주 좋아해서 수제비를 만들어 먹고 있었던 것이다.

사위의 사업이 어렵다는 형편을 알고 있는 친정아버지는 그 옛

날 없는 사람이 한 끼 때우려고 먹었던 가난의 상징이던 수제비를
연상했는지 갑자기 아무 말씀이 없어지더니 잠긴 목소리로 한 말
씀 던졌다.

"쌀이 없냐? 아비가 쌀을 보내줄까?"

"에이 아버지, 쌀이 왜 없어요. 많이 있어요."

남편 사업이 위기에 처하여 어려운 살림살이지만 밥 굶을 정도
는 아닌데 늘그막에 자나 깨나 딸 걱정만 하시는 아버지는 쌀이
없어서 수제비를 먹는 줄 순간적으로 생각한 것 같았다. 딸은 말
을 돌려 우스갯소리를 했다.

"아버지, 우리 집 소 신방 차렸어요?"

"그래 몇 달 있으면 새끼 낳을 거다."

"아버지 이제 농사일도 줄이시고 건강을 돌보세요. 자주 연락드
릴게요."

며칠 뒤 딸이 살고 있는 아파트로 택배가 왔다. 아버지가 보낸
누른 색 쌀자루였다. 딸은 순간적으로 고맙고 반갑기보다는 짜증
이 확 났다. 속으로 오기가 생겼다.

'누가 밥 굶을까봐…….'

시집가서 잘 살지는 못할망정 아버지를 걱정 시켜드리는 자신
의 처지가 너무 속도 상하고 과잉 걱정으로 신경 쓰는 아버지가

안타깝기도 했다.

씩씩거리는 자세로 시골집으로 전화했더니 기침을 하면서 아버지가 받았다.

"아버지! 누가 쌀 보내라 했어요? 쌀 살 돈이 없을까봐 그래요? 밥 안 굶어요. 그런데 왜 자꾸 쌀 보내요."

한달음에 소리치고 나니 눈물이 막나왔다. 아버지 앞에선 나이도 없고 그 옛날 한없이 투정부리던 만만한 딸로 돌아왔다.

"얘야 아비가 농사라도 지으니 보내주지, 기력이 딸려 이제 그게 너한테 보내는 마지막 쌀이다. 그러니 아무 소리 말고 받아라. 도시생활을 할 때보다 고향에서 농사지을 때가 행복했어."

딸은 아버지께서 이제 노쇠하여 올해 농사를 끝으로 자식들에게 보내주던 쌀농사를 그만둔다는 말이 떠올랐다. 아버지는 딸자식 보러올 때마다 무겁게 가져온 가지나 호박 밭 농사는 이미 그만둔 상태였다.

딸의 목 줄기를 타고 갑자기 안타까운 서러움이 치고 올라왔다. 아버지가 보내준 쌀 속에 들어있는 진정한 사랑은 생각지도 않고 남편의 실직이라는 자격지심에 손상된 자존심을 챙기려 했던 자신이 부끄럽게만 느껴졌다.

# 30

# 왕따 아버지

#아이들이 집에 전화를 걸었는데, 아버지가 받았다. 다짜고짜 하는 말,

"엄마 바꿔 주세요."

이번에는 아버지가 집에 전화를 걸었는데, 아이가 이렇게 전화를 받았다.

"엄마 바꿔줄게요."

#일터에서 집으로 돌아왔다. 어깨는 축 늘어지고 몸은 뻐근하다. 교통지옥에 시달려 몸은 괴롭고 물씬물씬 땀 냄새를 풍긴다. 힘든 몸과 마음을 이끌고 집으로 돌아왔지만, "아빠 왔다"는 말소리는 마치 허공을 치는 것처럼 하늘로 날아갔다.

식탁에 있는 과일 하나를 집어 드는데 "그거 애들 간식이에요"라는 아내의 말에 눈앞이 캄캄해진다.

아내는 나보다 하는 일이 더 중요한지 부엌으로 모습을 감춘다.

멀어져 가면서 외치는 아내의 외마디 소리.

"씻고 저녁 드세요."

'누가 밥 먹으러 왔나? 힘들게 일하다가 들어왔는데 반겨주면 어디 덧나나?'

이런 생각에 마음은 더욱 착잡해진다.


#퇴근 후 아내에게 묻는다.

"아이들은 어디 갔나?"

"방에서 공부할 거예요."

'공부, 공부, 공부…… 아버지가 들어왔는데도 인사도 할 줄 모르는 그런 공부가 무슨 소용이 있나?'

문득 그런 생각이 든다.

섭섭한 마음을 다스리며 아이들 방을 들여다본다.

"공부 열심히 하니?"

달리 할 말이 없다.

"어 아버지 다녀오셨어요?"

짧은 한마디를 하고 계면쩍은 듯 다시 책으로 눈을 돌린다. 그 뒤통수를 바라보며 "그래 열심히 해라"고 말했다.

#딸이 입사시험에 제출하는 자기소개서를 작성하여 컴퓨터 바탕화면에 깔아 놓은 것을 우연히 보게 되었다. 성장 과정을 소개하면서 어머니에 관한 이야기만 있을 뿐 아버지에 관해서는 별다른 언급이 없다. 자기소개서만 언뜻 보면 딸이 성장하는데 아버지로서 아무런 역할도 하지 않은 것 같다.


#"사는 게 다 그런 거지요 뭐."

회사에서 담배를 뻐끔뻐끔 피워 물고 한숨을 내뱉던 동료의 모습이 떠오른다.

'이것이 진정 인생의 전부인가?'

갑자기 역겨운 마음이 몰아친다. 빈 의자로 둘러싸인 식탁.

"아이들은 먹었어요."

그러면서 저녁을 차려 주고는 연속극을 본다고 TV에 몰두해 버리는 아내. 자기 남편은 본 척도 않고 미남 탤런트만 보는 아내.

'내가 뭐 때문에 먹어야 하나? 진정 이렇게 하는 것이 인간다운 삶인가?'

걷잡을 수 없는 수많은 생각이 오락가락한다.


#가을이다. 눈이 부시도록 맑은 하늘을 보며 눈시울이 뜨거워

진다. 아이들은 내 손을 필요로 하던 나이를 지나버렸고 내 인생
은 가을의 문턱에 들어섰다. 직장을 가지고 있는데도 자주 지나온
일들에 대한 깊은 연민과 회한이 생긴다. 조금만 슬픈 노래를 들
어도 자주 눈가를 적시게 된다. 그동안 앞만 보고 살아온 내 모습
이 이제는 한꺼번에 무너져 내린다. 자꾸만 주저앉아 어딘가에 기
대고 싶다.


#가족들에게 항상 강한 남편과 아버지의 모습으로 버거운 짐을
힘겹게 지고 비틀거리며 서 있다. 어쩌다 삶이 버거워 펑펑 울어버
리고 싶을 때도 있다. 가장이라는 족쇄와 허울 좋은 남자라는 이
유로 눈물조차 마음대로 흘릴 수 없다. 오늘도 강한 척 하며 속없
는 너털웃음으로 위장하고 있다.

28살, 결혼식을 올렸습니다. 신혼여행에서 아내가 임신을 하였습니다.

29살, 10시간이 넘도록 병원 복도를 서성인 끝에야 자식의 울음소리를 들을 수 있었습니다. 이제 당신은 아버지가 된다는 생각에 가슴이 뭉클했습니다.

37살, 자식이 초등학교에 입학하여 여느 학생들에게도 주는 상장을 받아왔습니다. 당신은 상장을 액자에 정성스럽게 넣어 가장 잘 보이는 곳에 걸어 두었습니다.

44살, 동네 약수터에서 이웃사람들이 자식이 아버지를 닮았다고 인사를 건넸습니다. 당신은 괜히 기분이 좋았습니다.

48살, 자식이 수능시험을 보러 갔습니다. 당신은 평소와 같이 출근했지만, 하루 종일 일이 손에 잡히지 않았습니다.

49살, 자식이 대학에 입학했습니다. 여름 방학에 운전면허를 딴 아들이 모는 차를 타면서 한편으로는 조마조마하기도 했지만 뿌듯한 마음이 들었습니다.

54살, 자식이 직장에 입사했습니다. 자식이 회사에서 받아온 명함을 보고 또 보았습니다. 그 명함을 자신의 지갑 속의 자식의 사진 옆에 고이 꽂아 놓았습니다.

61살, 딸이 시집가는 날이었습니다. 딸은 도둑 같은 사위 얼굴을 보고 함박웃음을 피웠습니다. 나이 들고 처음으로 눈시울이 붉어졌습니다.

오직 자식 잘되기만을 바라며 살아온 한평생. 이제는 희끗희끗 머리로 남으신 당신……. 우리는 당신을 아버지라 부릅니다.

# 31

# 섬 부자

178

아버지는 늘 두 번째였죠

드넓은 바다와 파란 하늘 사이에 작은 섬이 떠 있다. 일렁이는 파도가 때때로 섬을 괴롭히지만 섬은 무심한 듯하다. 깎아지른 듯한 기암절벽 아래로 청정한 심해가 굽어보이고 바다 위로는 갈매기가 자유롭게 날아다닌다.

섬 한쪽에 아버지와 아들이 함께 살고 있었다. 집 주위에는 아름다운 동백꽃이 둘러싸고 있었다. 부지런한 아버지와 아들이 열심히 가꾼 탓인지 하나같이 생기가 넘쳤다.

아버지에게 섬은 분신과도 같았다. 아버지는 30대 중반의 노총각일 때 섬 초등학교 분교에 발령받아 처음 이곳에 발을 디뎠다. 섬에서 아이들을 가르치다가 마을 처녀인 어머니와 사랑에 빠졌다. 어머니와 미래를 한평생 같이하기로 한 아버지는 어머니에게 청혼을 했고 섬에 눌러앉게 되었다. 섬에서의 근무 연한이 끝났지만 계속 자원하여 30년 동안이나 섬에서 학생들을 가르치다가 정년퇴직하였다. 슬하의 4남매도 아버지가 직접 가르쳤다. 섬 자체가 아버지의 삶과 추억인 셈이었다.

하지만 해가 갈수록 섬에서의 생활은 순탄치 않았다. 점점 먹고 살 길이 힘들어진 탓이었다. 학교도 예전부터 초등학교 분교 외에는 없던 곳이었다. 그래서 아버지도 자신의 아이들이 초등교육을 마치면 뭍으로 내보내야 했다. 이웃들은 하나 둘씩 섬을 떠나 육지로 향했다.

그렇다고 해도 아버지는 섬을 떠나지 않았다. 섬이 고향인 어머니도 섬을 떠나는 걸 원치 않았다. 아이들은 이미 각자 자신들의 삶을 알아서 찾아가고 있었기에 크게 걱정할 일은 없었다. 두 사람은 함께 섬에 남아 밭을 갈고 꽃을 심었다. 낚시도 하고 버섯도 캤다.

3년 전에는 어머니가 세상을 떠났다. 자식들은 홀로 남은 아버지가 걱정되어 도시로 나오시라고 권유했지만 아버지는 마지막 남은 삶도 섬에서 보내시겠다고 고집을 부렸다.

"이 섬은 네 어머니의 고향이야. 내 아내의 고향이란 말이다. 그 사람의 손길이 곳곳에 배어 있지. 게다가 내가 지금 이 나이에 도시에 나가서 무엇을 하며 지내겠냐? 가끔 고향인 섬 둘러보러 오다가 찾아 주는 제자들 만나는 일도 큰 보람이다. 난 여기가 좋다. 여기서 살란다."

아버지의 홀로 섬 생활이 시작되었다. 그러던 어느 날, 아직 결혼을 하지 않은 막내아들이 섬으로 찾아들었다. 자신이 하던 사업이 잘 풀리지 않자, 아예 접고 홀로 남은 아버지 곁으로 돌아온 것이었다. 아버진 그런 아들이 내심 반갑고 든든하기도 했지만 걱정도 되었다.

"여기 뭣 하러 왔어? 네 앞날이 아직 창창한데……. 다시 뭍으로 돌아가거라."

"꼭 아버지 때문에 여기 온 건 아니에요. 도시 생활에 지치기도 하고……. 여기 좋잖아요. 남들과 다르게 살아 보는 것도 재미있을 것 같아요."

"결혼도 해야 할 것이 아니냐?"

"인연이 있으면 어떻게든 만나겠죠. 꼭 결혼이 인생의 전부는 아니지 않습니까? 결혼 안 하는 것도 불효긴 하지만, 제가 아버님 곁에서 행복하게 살면 괜찮지 않습니까?"

아들의 결심은 확고했다.

이렇게 해서 부자가 함께 섬 생활을 하게 되었다. 아버지가 밥을 짓고 빨래를 하면, 아들은 정성스레 채소를 키웠다. 때때로 시간이 나면 바다에 나가 그물을 치고 고기도 낚았다. 여름엔 그물에 엉겨 붙는 해파리 떼와 겨울엔 한 번만 스쳐 지나도 망쳐 놓는

성에가 힘들게 하지만, 그것조차 아버지와 아들이 함께 살아야 할 이유를 던져줬다.

어느 날엔가, 아들이 이것저것 뒷정리를 하던 중 옆에서 거들던 아버지가 갑자기 쓰러졌다. 놀란 아들이 급히 육지로 연락을 취했고 때마침 근처에 환자를 싣고 가던 응급 헬기가 있어 재빨리 육지에 있는 병원에 옮겨졌다. 그러나 아들은 병원에서 놀라운 이야기를 들었다. 아버지가 오랜 기간 심장병을 앓아 왔다는 것이었다. 아들은 부끄러웠다. 아버지의 외롭고 고단한 삶을 함께하고자 섬으로 찾아 들었건만, 정작 자신은 아버지에 대해서 아무것도 알지 못했다.

아버지의 건강이 회복되고 다시 부자의 일상적인 섬 생활이 지속되었다. 이제 아들은 그저 아버지 곁에 있어 드리는 것뿐만이 아닌, 아버지의 친구가 되기 위해 노력했다. 아버지와 더 많은 이야기를 하며, 모르고 있던 아버지의 참모습을 하나씩 알아갔다.

이런 아들이 있어 아버지는 외롭지 않았다. 아들의 남은 인생이 여전히 걱정되긴 하지만, 씩씩하고 활기찬 아들을 보며 걱정을 접고 자신이 지고 있는 짐을 좀 나눠 줄까 하는 생각도 들었다.

아버지는 아들에게, 아들은 아버지에게 서로의 외로움을 밝혀 주는 등대였다.

# 32

# 교체 선수

회사원이었던 아버지는 결혼 후 시력이 점점 떨어지는 병을 앓다가 급기야 두 눈이 보이지 않게 되었다. 두 남매를 둔 생활은 교사인 어머니가 책임을 져야 했다. 아버지는 집에서 점자도 배우면서 장님으로서의 신체 불편을 해소하기 위해 최선을 다했다.

아들은 어려서부터 축구를 매우 좋아하여 초등학교 4학년 때에 축구반에 들어갔다. 키가 작고 몸도 여위었지만 축구에 대한 열성만은 대단해 누구보다도 연습을 열심히 했다.

어느 날 집에 있던 아버지는 하교 시간이 훨씬 지났는데도 아이가 돌아오지 않자 슬슬 걱정이 되었다.

'어린 것이 축구 연습을 하다 다치지는 않았을까' 하는 걱정을 하고 있는데 대문 밖에서 아이 소리가 들려왔다.

"아버지 다녀왔습니다."

그런데 다른 날 같았으면 우당탕 소리를 내며 문을 열어젖히고 밝게 웃으면서 들어왔을 텐데 그날따라 부엌으로 가더니 유리컵

과 접시 소리가 났다. 잠시 후 방문을 열고 들어오는 아들의 발자
국 소리가 들렸다.

잠시 후 큰 쟁반에 담아온 유리컵과 접시를 내려놓으면 말했다.

"오늘 우리 축구부의 학부형이 빵과 음료수를 가지고 왔어요.
제몫의 빵과 음료수를 아버지와 함께 먹으려고 가지고 왔어요. 아
버지 이것 드세요."

아들의 성화에 빵과 함께 음료수를 마시는 아버지는 목이 메어
반도 마시지 못했다.

아들은 중학교, 고등학교에서도 축구팀이 있는 학교의 축구선
수였지만 간간히 출전하는 후보 선수였다. 그렇지만 그는 언젠가
는 주전선수로 경기장에 나갈 수 있을 것이라는 희망을 버리지
않았고 열심히 연습을 했다. 아버지는 아들 학교의 시합이 있을
때면 직접 가서 아들이 뛰는 모습도 보고 응원도 하고 싶었지만
눈이 보이지 않으니 여의치 않았고, 그래도 가고 싶었지만 아들이
창피해 할까봐 가고 싶은 마음을 참기도 했다.

아버지는 아들이 학교 축구부의 주전선수로 맹활약하는 것으
로 알고 있었다. 아버지는 시합을 마치고 돌아온 아들에게 시합
내용을 물으면 아들은 자신이 뛰지 않았거나 후보로 잠깐 뛰었는
데도 자신의 활약상을 당당하게 말하여 아버지를 기쁘게 했다.

고등학교 3학년 가을에 중요한 축구대회가 있었다. 아버지는 이제 졸업을 앞둔 아들 학교의 경기에 응원을 하러 가고 싶었다. 아버지는 아들이 학교로 등교한 후 평소 도움을 받는 장애인 봉사단체에 연락하여 봉사원과 함께 아들이 시합하는 장소로 갔다.

아들 팀의 경기가 시작되었다. 운동장 관중석에서 아버지는 연신 경기 내용을 봉사원에게 물으며 아들의 이름과 아들 학교를 부르짖으며 응원했다. 경기를 시작할 때 아들은 선발 선수가 아니었다. 아들은 아버지가 시합에서 뛰지도 않는 자신의 이름을 부르며 응원하는 모습을 보고 미안함과 창피한 마음에 몸 둘 바를 몰랐다.

전반전에 아들 학교 팀이 1:0으로 뒤지고 있었다. 속이 바짝바짝 타들어 가는 감독에게 아들이 제발 자신을 출전시켜 달라고 빌었다. 감독은 경기 출전 경험이 부족한 선수를 내보내는 것은 이 상황에서 무리라며 거절했다. 그러나 아들이 간절한 마음으로 너무 열성적으로 매달리자 결국 교체 멤버로 경기에 출전시켰다.

그런데 아들이 경기장에 나간 뒤부터 전세가 뒤바뀌었다. 그는 누구보다 잘 뛰었다. 마침내 동점이 되고 경기시간 1분을 남겨 놓고 아들이 결승점을 올렸다. 경기가 끝난 후 감독이 대견한 표정으로 아들에게 어찌된 일이냐고 묻자 울먹이며 말했다.

"우리 아버지는 앞을 보지 못하는 장님입니다. 아버지는 그동안 제가 주전 선수로서 맹활약하는 줄 알고 계셨습니다. 저는 장님인 아버지께서 고등학교 졸업을 앞둔 저의 시합을 보러 오셔서 경기에 출전하지도 않은 저의 이름을 소리 지르며 응원하는 모습을 보았습니다. 교체 선수로 출전하여 아버지를 실망시키지 않고 기쁘게 해드려야겠다는 마음에 어디서 힘이 솟아났는지 열심히 뛸 수 있었습니다."

# 33

# 같이 놀고 싶어요



아버지는 늘 두 번째였죠

어린 아들이 서재에서 글을 쓰고 있는 아버지에게 다가가 팔로 아버지의 목을 안고 키스를 하면서 같이 놀자고 졸랐다.

"아빠, 우리 같이 놀아요!"

아버지는 일을 방해 당한 것에 짜증을 내며 말했다.

"안 돼! 아빠 지금 글 쓰고 있잖니?"

"에이…… 조금 있다가 쓰고 나랑 같이 놀아줘요! 예?

"에이 참! 아빠 지금 글 쓰고 있다고 하잖아! 아빠가 글을 써야 우리 가족이 먹고 살 수 있어!"

"……무……무엇에 관해 쓰는 글인데요?"

"무슨 글이냐고? '좋은 아버지는 어떤 사람인가'라는 제목의 글 이야."

"……?"

어린 아들은 문 밖으로 나가 쿵쾅거리며 자신의 방으로 들어가 버렸다.

나중에 곰곰이 생각해보니 서재에서의 일에 대해 후회의 거센 물결이 덮쳐왔다. 죄책감을 느끼며 어린 아들의 방으로 들어갔다.

어린 아들은 조그만 손을 뺨 밑에 끼고 있고 곱슬머리는 축축한 이마에 붙어서 잠들어 있었다.

다음날 아들이 아버지에게 물었다. 늦은 시간에 젊은 아버지가 피곤하고 짜증난 상태로 일터에서 집으로 돌아왔다. 그의 다섯 살 난 아들이 문 앞에서 기다리고 있었다.

"아빠 저 궁금한 게 있는데 물어봐도 돼요?"

"그럼, 궁금한 게 뭔데?"

"아빠는 한 시간 동안 글을 쓰면 돈을 얼마나 버세요?"

아버지는 어제의 미안함이 있어서 다소곳이 대답해 주었다.

"네가 정 알아야겠다면……. 한 시간에 2만 원 정도다."

"아……."

아들은 고개를 숙였다가 아버지를 올려다보며 말했다.

"아빠, 저에게 만 원만 빌려주실 수 있나요?"

아버지는 당황하기도 하고 화가 나기도 해서 말했다.

"네가 돈을 빌려달라는 이유가 군것질이나 하고 장난감이나 다른 쓸모없는 것을 사려는 것이라면 당장 네 방에 가서 잠이나 자. 나는 매일매일 너를 뒷바라지하기 위해 힘들게 일하고 있다. 아버지가 한 시간에 돈을 얼마나 버는지 묻고 나서 네가 나에게 돈을 빌려달라고 하는 것이 말이나 되는 것인지 모르겠다.”

아들은 말없이 방으로 가서 문을 닫았다.

아버지는 아들의 질문에 생각할수록 화가 났다.

‘어떻게 돈을 빌리기 위해 감히 그런 질문을 할 수 있단 말인가?’

한 시간쯤 지나고 마음이 좀 가라앉자 자신이 어린 아들에게 좀 지나쳤다는 생각이 들었다.

‘아마도 만 원으로 꼭 사야할 뭔가가 있었던 것이겠지. 게다가 평소에 자주 돈을 달라고 하던 녀석도 아니었는데…….’

아버지는 아들의 방으로 가서 문을 열었다.

“자니?”

“아뇨 아빠, 깨어 있어요.”

“오늘 좀 힘든 일들이 많아서 네게 화풀이를 했던 것 같다. 자, 여기 네가 달라던 만 원.”

소년은 벌떡 일어나서 미소 짓고는 소리쳤다.

“고마워요, 아빠!”

그리고 베개 아래에 손을 넣더니 꼬깃꼬깃한 천 원짜리 지폐 여러 장을 꺼내는 것이었다. 소년은 돈을 천천히 세어보더니 아버지를 쳐다보았다. 아버지가 의아한 표정으로 말했다.

"돈이 있었으면서 왜 더 달라고 한 거냐?"

"왜냐하면 모자랐거든요. 그렇지만 이젠 됐어요."

아들이 말을 계속 이어갔다.

"아빠 저 이젠 2만 원이 있어요. 아빠의 시간을 한 시간만 살 수 있을까요? 아빠와 같이 놀고 싶어요."

# 짐

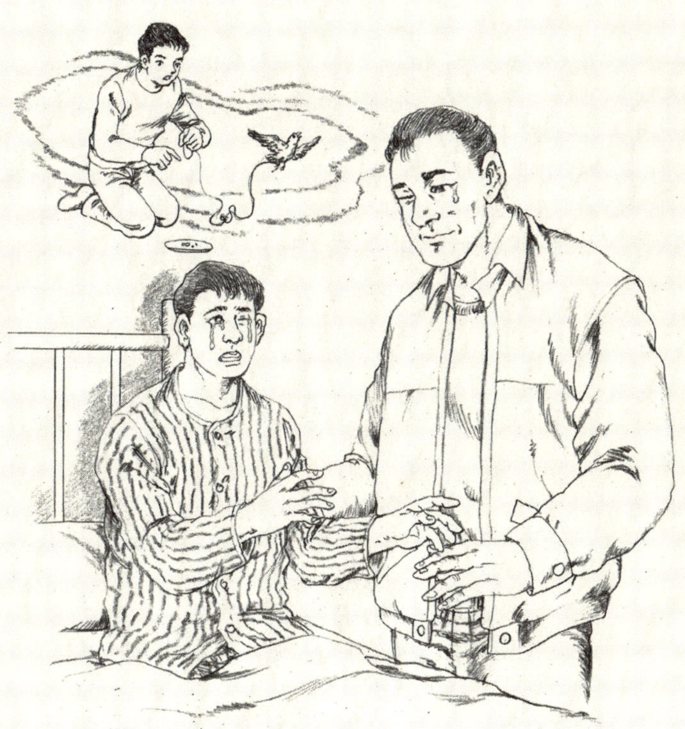

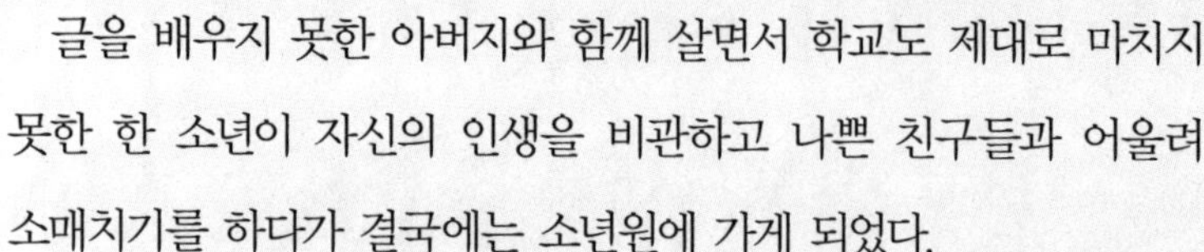





글을 배우지 못한 아버지와 함께 살면서 학교도 제대로 마치지 못한 한 소년이 자신의 인생을 비관하고 나쁜 친구들과 어울려 소매치기를 하다가 결국에는 소년원에 가게 되었다.

소년은 단 한 번도 자신을 면회 오지 않는 아버지를 원망하고 자신을 가둔 사회를 저주했다.

이런 소년을 지켜보던 한 교도관이 어느 날 새끼 참새를 한 마리 선물하면서 말했다.

"네가 이 새끼 참새를 어른 참새로 키워내면 네가 모범수가 되도록 힘쓰겠다."

하루라도 빨리 나갈 욕심에 흔쾌히 승낙했지만 새끼 참새를 키우는 일은 생각보다 쉽지 않았다. 감방 안에서 다른 사람들의 장난을 막아 주어야 했고 춥지 않도록 감싸주어야 했으며, 때마다 먹이도 주어야 했다.

그런데 참새는 조금 자란 뒤부터는 자꾸 감방의 창살 틈으로 날아가려 했다.

날아가지 못하도록 실로 다리를 묶었더니 참새는 그 실을 끊으려고 무진 애를 썼다.

소년이 먹이를 주고 달래 보았지만 아무 소용이 없었다. 마침내 지친 소년이 교도관에게 풀어주어야겠다고 말했다.

"저는 계속 키우고 싶은데 참새가 제 마음을 너무 몰라주는군요."

그러자 교도관이 웃으며 말했다.

"그게 바로 네 아버지의 마음일 거다. 다 자라지도 않은 너를 붙잡고 싶겠지만 너는 줄을 끊고 날아가 버린 거지. 그래서 네가 지금 여기에 있는 거야."

소년이 의아한 눈빛으로 바라보자 교도관이 말했다.

"네 아버지는 아직도 너를 사랑하고 계신다. 네가 새끼 참새를 생각하는 것보다 수백 배 말이다. 아버지는 그동안 너를 위해서 글을 배우신 모양이다. 네 석방을 간청하는 탄원서를 손수 쓰셨더구나."

얼마 뒤 아들이 석방됐다. 그러던 어느 날, 아들은 집으로 돌아오다 뜻하지 않은 교통사고를 당하고 말았다. 아버지가 놀라 병원에 달려갔지만 불행히도 이미 두 눈은 실명한 채였다. 멀쩡하던 두 눈을 순식간에 잃어버린 아들은 깊은 절망에 빠져 자신에게 닥친 상황을 인정하고 받아들이려 하지 않았다.

그는 어느 누구와도 말 한마디 하지 않고 마음의 문을 철저하게 닫은 채 우울하게 지냈다.

바로 곁에서 말없이 지켜보는 아버지의 심정은 찢어질 듯이 아팠다.

그렇게 아픈 마음으로 병원에서 지내던 어느 날, 아들에게 기쁜 소식이 전해졌다.

이름을 밝히지 않은 누군가가 그에게 한쪽 눈을 기증하겠다는 것이었다. 하지만 깊은 절망감에 빠져있던 그는 그 사실조차 기쁘게 받아들이지 못했다.

결국 아버지의 간곡한 부탁으로 한쪽 눈 이식 수술을 한 청년은 한동안 눈을 붕대로 가리고 있어야 했다. 그때도 청년은 자신을 간호하는 아버지에게 앞으로 어떻게 애꾸눈으로 살아가겠느냐고 말했다.

아버지는 아들이 하는 말을 묵묵하게 듣고만 있었다.

며칠이 지난 후 드디어 아들의 눈에 감고 있던 붕대를 풀게 되었다. 붕대를 풀고 앞을 본 아들의 눈에서는 굵은 눈물이 흘러내렸다.

　그의 눈앞에는 한쪽 눈만을 가진 아버지가 애틋한 표정으로 아들을 바라보고 있었던 것이다.
　"두 눈을 다 주고 싶었지만, 그러면 네게 장님 몸뚱이가 짐이 될 것 같아서……."

# 35

# 가시나무새

“아버님은 갑상선 악성 종양 같습니다.”

이미 병원에서 6개월간의 투약 끝에 동위원소 검사에서 약에는 전혀 반응을 보이지 않는다는 결론이 내려졌다.

“혹시 암입니까?”

아들의 이 칠흑 같은 무거운 물음에 의사는 얼른 시선을 피하듯 말했다.

“글쎄요, 꼭 그렇다는 건 아니고 진료의뢰서를 써 드릴 테니 서울에 있는 병원으로 가서 정밀검사를 해 보는 것이 좋을 것 같습니다.”

아들은 이 말을 듣고 서둘러 아버지와 함께 열차에 올랐다. 이미 때가 늦지 않았는가 하는 절망의식 같은 것이 솟구쳐 올랐다.

병원으로 갔다. 20층이나 되는 현대식 건물의 병원은 호텔 같은 분위기였다. 아버지는 의사 앞에서 무슨 죄나 지은 사람처럼 떨고 있었다.

"수술해 봅시다. 수술해서 조직검사를 해보면 악성인지 아닌지 밝혀질 겁니다."

입원수속을 밟았고, 수술 날짜를 잡았다.

그날 밤 아들은 밤새도록 꿇어앉아서 기도했다. 새벽이 될 때까지 오래오래 간절히 기도했다. 병마에서 아버지가 이길 수 있는 힘을 달라고, 이 어려운 순간을 헤쳐 나길 수 있는 용기를 달라고, 그리고 이 역경을 떨치고 일어설 수 있는 희망을 달라고……

수술 시간이 다가왔다. 바깥에는 눈이 펑펑 내리고 있었다. 아버지가 마취실로 들어가기 직전 아들의 손을 꼭 잡았다. 아무 말은 없었어도 체온과 체온 속으로 끝없는 신뢰와 사랑이 서로를 기다리고 있음을 확인할 수 있었다.

아버지가 마취실로 들어가고 난 후, 아들의 눈에는 눈물방울이 맺혔다. 혹시나 수술을 하다가 잘못되면 말을 못한다는데, 아니 차라리 말은 못해도 악성 종양만은 아니었으면 하는 생각이 들었다.

몇 시간이 지나도록 아들은 수술실 입구에서 기다렸다. 이윽고 문이 열리고 아버지가 나왔다. 아들은 얼른 아버지의 손을 잡으며 말했다.

"잘 견디어 내셨습니다."

아버지도 무슨 말을 하고 싶었으나 목에 있는 갑상선 종양 수술을 하여 아무런 말도 할 수 없었다.

그날 밤 아들은 밤을 새워 아버지의 입에서 나오는 끈끈한 침과 가래를 수없이 받아냈다.

며칠이 지나자 수술 담당의사가 와서 "아아 해보세요, 어어 해보세요" 하더니 아버지가 소리를 내자 "아주 좋습니다" 하는 것이었다.

갑상선 수술이 자칫 잘못되면 목소리를 낼 수 없을 수가 있어 걱정을 했는데 소리를 잘 낸다는 뜻이었다.

그러나 아들에게는 조직검사의 결과가 궁금했다.

일주일이 지난 후 의사가 아들을 불렀다.

"조직 검사 결과 악성입니다. 그러나 너무 걱정 마십시오. 방사선 치료를 받으면 상당히 좋은 결과를 가져올 수 있습니다."

의사는 애써 아들을 위로했지만 숨이 가빠지고 안색이 창백해졌다.

아버지가 누워있는 병실 문을 열고 들어서자 아버지는 아들의 얼굴 표정에서 악성임을 확인하고 있었다.

아버지는 올 것이 왔다면서 편안하게 받아들이는 것 같았다. 삶과 죽음이 이렇게 쉽게 갈라질 줄은 미처 생각지 못했지만 아버지와 아들에겐 너무 빨리 온 것 같아 침통한 심정이었다.

아버지에게 방사선 치료가 시작되었다. 4주 동안 방사선 치료를 받은 아버지는 예전의 모습이 아니었다. 머리털이 숭숭 빠지고 거뭏게 탄 피부와 얼굴색이 마치 다른 사람 같았다.

병원에 입원한지 석 달 보름, 그동안 아버지와 아들에게 주어진 세월은 몇 십 년이 흐른 것 같았다. 그러나 아무리 지루한 시간이라도 아버지의 병을 고치는 일이라면 이보다 긴 시간도 기꺼이 기다릴 것이라고 작정했다.

아버지의 병세는 점점 악화되어 갔다. 주치의는 주변 정리를 하라고 아들에게 말했다. 아들도 아버지에게 이 사실을 알렸다.

가정을 위해 가족을 위해 온 몸을 다 바친 아버지.

아버지는 아들의 손을 꼭 잡고는 눈물을 흘리면서 문득 말을 꺼냈다.

"한 가지 부탁이 있다. 내가 죽거든 눈과 장기를 기증해라."

아들은 가슴이 움찔했다. 너무나 충격적인 말이었기 때문이다.

"아버지, 그러면 저승에서 어떻게 생활해요. 눈도 없이 어머니 어떻게 찾을 거예요?"

아들은 반대했다.

"내 눈과 장기는 땅에 묻히면 썩어 없어진다. 이건 분명 무가치하게 잃어버리는 것이다. 내가 스스로 불쌍한 사람에게 주고 간다면 이것보다 더 보람 있는 일이 어디 있겠느냐? 그리고 내가 이 세상에 와서 무엇 하나 남을 위해 한 일이 없다. 죽거든 장기를 기증한 후 묻지 말고 화장해라."

이 아버지의 유언이 아들의 가슴을 온통 적셨다.

며칠 후, 창가에 눈이 내리던 날 아버지는 영원히 아들 곁을 떠났다. 하얀 천으로 덮인 아버지의 시신이 장기 적출을 위하여 급히 수술실로 옮겨졌다.

수술을 마친 아버지의 얼굴에는 온통 붕대가 감겨 있었다. 아들은 아버지의 얼굴에 끝없이 입을 맞추었다.

아들은 문득 아일랜드의 전설 속에 나오는 '가시나무새'가 생각났다.

둥우리를 날아 나온 '가시나무새'는 평생 편히 쉬지도 못하고 날아다닌다. 그러다가 마지막 숨을 거둘 때는 가장 날카로운 가시나무의 가시에 목을 찌르고 애절한 울음, 아니 아름답도록 처절한 울음을 남기고 죽는다.

어쩌면 아버지는 '가시나무새'처럼, 일생을 자식을 위해 힘쓰다가 마지막 자신의 몸을 기증하고 죽은 성스러운 삶이었다.

아들아

　입시 때 공부하느라 잠 못 자는 것을 보며 난생 처음 집 떠나 군에 보낼 때 뒤돌아서서 가슴 아파했던 일들이 어제 같은데. 이제는 사회라는 망망대해에서 전쟁터와 같은 치열한 경쟁의 현장에서 홀로 뛰는 것을 보니 아빠의 아버지가 나를 보며 그랬던 것처럼 애처롭기 그지없구나. 그러나 이 모든 것이 아빠가 대신해 줄 수 없다는 것이 더 안타깝고 가슴 아프구나.

아들아

　겸손해라. 내가 남보다 잘났다고 하는 순간 벼랑으로 떨어지는 것이 인생이란다. 내가 아는 것은 극히 일부분이요 죽을 때까지 해도 다 못하는 것이 공부이듯이 선배사원들에게 항상 겸손하고 그들의 경험과 지식을 존중해라. 그러면 그 선배들은 마음으로 너를 대하고 아낄 것이다.

아들아

아빠도 예전에 겪지 못했던 어려운 경제상황이 오고 있으니 현재의 위치에서 최선을 다하고 자기 개발을 위해 게을리 해서는 아니 된다. 항상 위기일 때 기회가 오듯이 더 나은 내일을 위해 최선을 다하는 것 이외에는 방법이 없는 듯하구나.

아들아

먼 산을 바라 보거라. 하늘과 가까운 산봉우리는 이상하게도 위로 뻗어 있지 않냐? 이는 긴 세월 동안 세찬 비바람과 눈보라에 강한 부분만 남은 것이란다. 직장도 마찬가지니 강력한 체력으로 열심히 일하고 인내 하며 모범을 보여라. 그러면 머지않은 훗날 산봉우리처럼 그곳에 우뚝 서게 된단다.

아들아

건강을 잃는 것은 모든 것을 다 잃는 것이니 몸을 함부로 하지 말거라

너의 몸은 부모가 준 것이기에 더욱 소중히 여기고 아껴라. 그것이 곧 부모에게 효도하는 길임을 명심해라.

아들아

아빠가 살아온 죽고 싶을 정도로 힘든 과거가 아름다운 추억처럼 느껴졌을 때는 웃으며 대문을 열고 들어오는 너를 볼 때이다. 아빠도 어쩜 가족과 자식을 다시 생각하게 하는 중년을 지나가는가 보다.

사랑한다 아들아

아빠는 네가 다니는 회사와 네가 아끼는 모든 것을 같이 사랑하는 너의 영원한 동지이며 후원자이니 힘들 때에 언제나 먼저 아빠에게 달려오너라.

# 36

# 엄마 없이
# 시집가는 딸에게

아버지는 아내와 사별하고 15년 동안 혼자서 외동딸을 곱고 훌륭하게 키웠다. 이제 그 딸이 시집을 갔다. 딸에게 보내는 아빠의 편지다.

딸아! 엄마 없이 이렇게 성장하여 이제 시집가는 날을 맞았구나. 네가 초등학교 5학년 때 엄마는 저 먼 하늘나라로 갔었지. 그 때부터 지금까지 엄마와 다른 형제자매 없이 아버지인 내 밑에서 훌륭하게 자라준 너에게 감사한다.

불 꺼진 네 방. 오늘도 너의 방을 향해 습관적으로 시선을 돌려서 방문을 열려다 몇 번이나 멈칫거렸다. 이제야 네가 아빠의 품을 떠났다는 실감이 온몸을 휘감는구나.

결혼식장에서도 눈시울 한번 붉어지지 않더니 휑한 너의 방을 서성거릴 즈음에야 가슴으로 싸한 기운이 퍼진다. '그래 내 딸이 아내라는 이름을 새로 얻었지' 하면서 마음을 다잡았다.

너의 결혼식을 일주일쯤 앞둔 날부터 마음이 이상해지더라. 입맛도 없고, 먼 산 바라보는 사람처럼 멍해지더구나. 결혼식 바로 전날에는 밤새 한잠도 이루지 못했다. 잠을 푹 자야 신부 화장이 잘 된다고 하면서 너더러 일찍 자라고 해놓고 아빠는 늦게까지 TV를 벗 삼아 심란한 마음을 달랬단다.

이상하지. 방송을 마치는 신호인 애국가가 나올 때까지 TV를 봐도 어찌된 노릇인지 눈은 점점 말똥말똥해지는 거야. 네 엄마 생각도 나고 네가 시집가서 잘 살아야 할 텐데 괜한 걱정도 들고.

결혼식장에서의 우스운 이야기 하나 할까. 은은한 드레스로 온 몸을 휘감은 단아한 모습의 너를 아빠는 하마터면 몰라볼 뻔했단다. 입장할 시간이 됐는데도 네가 신부 대기실에서 나오지 않아 이상하다고 고개를 갸웃거리고 있는데 누군가가 갑자기 "입장 하세요" 이러는 거야. 신부도 없는데 무슨 입장이냐고 말할 참이었는데 바로 옆에 네가 있더구나. 무심결에 보긴 했지만 다른 신부이겠거니 하고 생각했거든. 어지간히 정신이 없었던 모양이야.

결혼식 며칠 전에 혼자서 엄마 산소에 다녀왔다. 너를 시집보낼 때가 되니까 엄마 생각이 점점 간절해졌어. 이렇게 좋은 날도 보지 못하고 먼저 가버린 야속한 사람. 기쁨을 나와 함께 했더라면……, 세심한 엄마의 손길이 더욱 필요할 때인데……. 어린 너를 두고 눈감기 전에 마음에 걸려했던 엄마한테 이제는 걱정하지 말라고 말해 주었다.

결혼식을 마치고 주위 사람들과 취기가 오를 정도로 술을 마셨다. 다음날 잠에서 깼더니 몽둥이로 흠씬 두들겨 맞은 것처럼 오만 데가 쑤시고 결리더라. 몸살이 났어. 결혼식 끝나고 친정 엄마들이 아파 눕는다더니 내가 딱 그랬지 뭐야. 핑계 김에 하루 푹 쉬었지.

너를 보내고 아빠는 네가 떠났다는 서운함보다는 기쁜 감정이 앞선다. 물론 너의 빈자리가 주는 허전함이 있지만 네가 반듯하게 자랐다는 자랑스러움이 뿌듯하게 만들고 행복한 느낌이 들게 하는구나.

자랑스러운 내 딸. 네가 반듯하게 자라준 것을 아빠가 얼마나 고마워하는지 너는 알까. 조마조마한 마음으로 살아온 지난 세월의 흔적들을 눈치 챘을까.

사춘기가 막 시작되던 중학교 1학년의 너에게 암으로 투병하던 엄마와의 영원한 이별은 엄청난 충격이었을 거야. 네가 감당해야 할 쇼크에 전전긍긍하다 보니 아빠는 슬픔을 토해낼 여유도 없었다. 하지만 너는 어른스럽게도 적당하게 슬퍼하고 나머지는 적당하게 속으로 다시 묻어두었어. 장례식장에서 눈물 한 방울도 보이지 않다가 집에 돌아오자마자 방에 틀어박혀 흐느끼는 너를 보고 대견해하면서도 가슴이 무너지는 것 같았다.

어느 부모나 자신의 인생보다 자식의 인생을 우선순위에 두는 똑같은 마음이겠지. 시간을 끌면 점점 힘들어지니까 빨리 재혼을 서두르라고 주변 사람들로부터 숱한 시달림을 받으면서도 아빠는 요지부동이었어. 왜냐하면 예민한 시기를 관통하는 너에게 또 한 번의 상처가 될까 두려웠다. 새엄마를 들이느니 차라리 아빠가 엄마 노릇까지 1인 2역을 하는 편이 낫겠다고 생각했다.

새벽에 일어나 식사 준비하고 도시락 싸고 집안 청소하고 세탁기 돌리는 일까지 일체의 가사 노동과 교육 문제, 너와의 정서적인 교감까지 모두 아빠의 몫으로 돌렸다. 직장에서의 바쁜 일과와 함께 몸은 고됐어도 아빠는 그게 편했어. 속옷 가게에서 너의 속옷을 고르다 난처했던 기억도 지나고 보니 추억으로 남는구나. 다행히 네가 아빠 뜻이라면 뭐든지 따라주고 자기 일은 스스로 처리하는 아이라 아빠는 힘들지 않았다. 너를 딸로 둔 게 아빠에게는 가장 큰 복이야.

아빠는 이제 조용히 뒤에서 너를 지켜볼게. 좋은 엄마 현명한 아내가 되고 네가 가진 꿈을 이루고 펼쳐 나가기를 기원한다. 너는 나에게 세상에서 가장 값진 보석임을 잊지 말아라. 사랑한다.

# 아버님 그게 아니고

딸이 둘째 아이 해산을 앞두고 백화점에 들렀다. 딸을 결혼시킨 후 아내를 먼저 하늘나라로 보내고 혼자 계신 시아버지와 친정아 버지에게 크리스마스 선물로 남방셔츠를 샀다. 시아버지와 친정아 버지는 나이가 같다. 시아버지와 친정아버지에게 어울릴 색깔로 각각 골랐다.

딸은 백화점 포장 센터로 가서 포장을 할 때 친정아버지 선물 박스에는 편지와 함께 봉투를 넣었다. 포장을 하고 난 다음에 포 장지에 점을 찍어 나름대로는 구별 표시를 해 두었다.

딸은 직접 집으로 방문해 전달할 생각도 했지만 괜히 미안해하 실 것 같아 택배로 부치기로 했다. 선물 꾸러미를 들고 우체국으 로 와서 택배로 발송했다.

며칠이 지났다. 친정아버지로부터 전화가 왔다. 고마워하시고 남방셔츠 색깔이 잘 어울린다고 하시면서 정말 잘 골랐다고 말했 다. 그런데 정작 봉투와 편지에 대한 언급은 전혀 없었다. 의아하게 느끼면서도 '쑥스러워서 그러시겠지' 하고 생각했다.

시아버지로부터도 선물에 대한 언급의 전화가 없었다. 선물이 마음이 들지 않았는지 걱정이 되기도 하고 한편으로는 서운한 생각이 들기도 했다. 또한 평소 자상한 시아버지께서 아무런 연락이 없으셔서 의아한 생각이 들기도 했다.

다음 날 딸에게 두 가지 택배가 동시에 도착했다. 하나는 친정 아버지께서 보낸 것이었다. 가물치 달인 것을 수십 개의 팩에 넣은 것이었다. 아버지께서는 간단하게 편지도 적어두었다. 양식 가물치가 아니라 자연산 가물치로 약을 달이기 위해 민물낚시를 즐기는 아버지께서 며칠 동안 고생한 것 같았다. 결국 자연산 가물치를 잡지 못하고 옆에서 다른 사람이 잡은 자연산 가물치를 돈을 주고 샀다고 했다. 꼬빡꼬빡 데워서 마시고 산후조리를 잘하라는 당부였다. 친정어머니께서 하셔야 할 일에 아버지께서 신경을 써주신데 대하여 눈시울이 뜨거워졌다.

또 다른 하나는 시아버지께서 부친 것이었다. 열어보니 나무 상자에 든 홍삼세트였다. 가슴 뭉클할 정도로 감사함이 느껴졌다. 그런데 그 상자 밑에는 자신이 친정아버지께 보내드리려고 했던 봉투와 편지가 놓여 있었다.

딸은 소리를 지를 정도로 놀랬다. 얼굴이 화끈 달아올랐다. 우

체국에서 부치는 과정에서 깜빡하고는 시아버지와 친정아버지께
보낼 선물 상자가 뒤바뀐 것이었다. 봉투에는 10만 원짜리 자기앞
수표 3장을 넣었고 편지에는 아버지에 대한 감사의 내용을 적었
던 것이었다. 딸은 부랴부랴 시아버지께 전화를 걸었다.

"아버님……. 그게 아니고……."

"얘야, 괜찮다. 아무 일도 아니야. 사돈어른이 돈이 없어서 그랬
겠니. 키워주신 아버님에 대한 마음의 표시 아니겠어. 그런데 사
돈어른께 사다 드리려고 했던 남방셔츠는 내가 입었다. 얼마나 잘
어울리는지 매일 아침 운동 나갈 때 입고 있어. 그리고 보내준 홍
삼은 잘 다려먹고 몸 건강해야 해."

"아버님 감사합니다. 아버님께 식사 대접하겠습니다."

"얘야, 그러지 말고 사돈어른과 함께 올해가 가기 전에 함께 저
녁이라도 하기로 하자."

"알겠습니다. 아버님……."

딸은 시아버지의 마음 깊은 배려에 존경과 감사함을 가슴에 새
겼다.

며칠 후, 딸은 약속된 식사 장소로 남편과 함께 나갔다. 시아버
지와 친정아버지가 오셨다. 그런데 시아버지와 친정아버지가 입은
남방셔츠가 색깔만 다를 뿐 같은 제품이었다. 시아버지는 빙그레

미소를 지었다. 친정아버지도 웃음을 머금었다. 사정을 알고 계신 시아버지께서 먼저 친정아버지께 말을 건넸다.

"사돈어른께서 입으신 셔츠가 화사하게 잘 어울리십니다."

친정아버지는 사돈이 아니었다면 딸이 사준 것이라고 말하고 싶었지만 사정을 모르는 친정아버지는 차마 그 말은 꺼내지 않고 약간 당황한 표정을 지으며 대답했다.

"아닙니다. 사돈어른께서 입으신 셔츠가 더 잘 어울리십니다."

딸은 겸언 쩍은 표정을 지으면서도 흐뭇한 기분이 들었다.

정겨운 대화를 나누며 식사 시간이 무르익었다. 딸은 친정아버지에게 말했다.

"아버지, 오늘 식사는 아버지께서 사시는 거예요. 아버지께서 지불하시라는 것이 아니라 아버지께 드리려고 했던 봉투로 지불할 테니 마음 푹 놓으세요."

딸은 자초지종을 말했다. 시아버지께 따뜻한 배려에 감사함을 표시하고 친정아버지께는 드리려고 했던 편지를 전했다. 모두들 행복한 미소를 지었다.

# 38

# 바람개비

아버지와 할머니, 그리고 중학교 2학년, 초등학교 5학년 두 아들이 사는 낡은 시골집에 누전으로 불이 났다. 모두 곤히 잠든 새벽녘이었다. 중학생 아들은 자다 연기에 호흡곤란을 일으켜 황망히 밖으로 뛰쳐나왔다. 집에서 연기가 나고 불길이 치솟는 모습이 눈에 들어왔다.

순간 아들의 뇌리에는 가족을 구해야 한다는 생각이 스쳤다. 아들은 치솟는 불길을 헤치고 집안으로 뛰어들었다. 아버지가 눈에 띄었다. 이미 연기에 질식해 의식이 없는 상태였다.

이미 축 처진 아버지를 아들은 업을 수 없었다. 아들은 있는 힘을 다해 아버지의 팔을 자신의 어깨에 걸치고 불길 속을 1cm씩 1cm씩 끌고 또 끌고 나왔다. 그 사이 할머니와 어린동생은 그대로 사망할 수밖에 없었다.

불길 속을 헤쳐 나오다 화상을 입은 아버지와 아들은 병원 응급실로 실려 갔다. 소식을 듣고 인근 도시에서 직장과 고등학교에

다니는 두 딸과 뒷바라지하던 어머니가 달려왔다. 아버지와 아들은 같은 중환자실에서 멀리 떨어진 채 침대에 칸막이를 하고 누워 있다.

아버지는 전신 100% 화상으로 인한 저산소증으로 뇌가 손상돼 의식이 혼미한 상태였다. 연기를 마신 폐는 연신 거품만 토해냈다.

의식 없이 누워 있는 아버지에게 간호사가 "아들 안 보고 싶어요" 하고 물으면 울상이 되거나 눈물을 보였다. 혼미한 의식이지만 자신을 업고 불길을 헤매던 아들의 잔상만은 또렷이 남아 있는 것 같았다.

아들은 허리를 구부린 채 등과 어깨에 아버지를 걸치고 나와 화상 정도가 아버지보다 덜했지만 패혈증으로 생사의 고비를 넘나들었다. 아들은 가까스로 깨어나자마자 아버지를 찾으며 걱정했다.

"아버지, 아버지는 어디 계세요. 아버지는 괜찮아요?"

"아버지는 저 쪽에 누워계셔. 아버지도 화상을 입기는 했지만 치료하면 나을 수 있대."

화상으로 꼼짝도 할 수 없는 아들은 아버지가 누운 쪽으로 고개를 돌려보지만 멀찌감치 칸막이만 보일 뿐이었다.

아버지는 죽음의 벼랑 끝에 서 있었다. 이제 아버지는 통증으로 인한 몸부림조차 없다.

사경을 헤매던 아버지는 입원 1주일 만에 한마디 말도 남기지 못하고, 같은 중환자실에 아들이 누워 있다는 사실도 모른 채 하늘나라로 갔다.

어머니와 딸들은 슬픔에 북받쳤다. 하지만 그 슬픔마저 삼켜야 했다. 사경을 헤매는 아들이 눈치 챌까봐 목 놓아 통곡조차 할 수 없다.

아들이 낙담해 치료에 방해가 될까 아버지의 죽음을 알리기는 커녕 눈치조차 채지 못하게 해야 한다. 그런 아들이 수시로 아버지의 병세를 묻는다.

"아버지는 어떠세요?"

"아버지도 아직 제대로 움직일 수 없으셔. 그리고 붕대를 감은 네 모습을 아버지께서 보시면 치료에 도움이 되지 않을 것 같아서 네가 조금 더 나으면 모시고 오려고 해."

아들은 입원 한 달이 지났지만 안심할 수 없는 상황이다. 여전히 중환자실에서 화상과 사투를 벌이고 있다.

일촉즉발의 상황에서 아들은 아버지를 구하기 위해 맨발로 나와 세 발가락에 심각한 화상을 입었다. 손상을 입은 발가락이 수술로 잘려나갔다. 아들은 감당하기 힘든 고통을 이겨나가면서 아버지가 점점 나아져 일반병실에 있다는 대답에 용기를 내며 치료 의지를 불태웠다.

아들의 몸은 수술과 치료를 반복하는 사이에 변화가 생기기 시작했다. 죽은 살이 떨어져 나간 자리에 새살이 돋고, 고통이 줄어들면서 일반병실에 있다는 아버지가 한 번도 자신을 찾아오지 않는 것에 이상함을 느끼며 간호하는 어머니에게 물었다.

"아버지는 나 보고 싶다고 안 하세요?"

"보고 싶다고 하지. 그렇지만 아직 움직일 수 없어. 네가 일반병실로 가면 만날 수 있을 거야. 그러니 열심히 치료받고 빨리 나아야지."

어머니는 아들의 물음에 태연한 척 애쓰면서 가까스로 얼버무렸다.

입원 후 두 달이 지났다. 하루에 몇 차례씩 생사의 갈림길을 넘나들던 아들. 모두 힘들 것이라고 했지만 아들은 용기와 의지로 기적처럼 일어서고 있었다. 아들은 중환자실을 벗어나 일반병실로 옮겼다. 아버지를 만날 수 있다는 생각에 잔뜩 들뜬 채……

아들이 일반병실에 오자마자 어머니에게 물었다.

"아버지는 어디 계세요?"

줄곧 아버지만 생각해 온 아들. 더 이상 거짓말하기도 힘든 상황이어서 어머니는 고민 끝에 말을 꺼냈다.

"아버지를 살리려고 병원에서 굉장히 노력했거든. 그런데 그것이 잘 안 됐어. 힘내고 앞으로 나랑 열심히 살자."

"뭐라고요! 아버지가 돌아가셨단 말이에요?"

아들은 울부짖었다.

"아버지, 왜 돌아가셨어요? 내가 그렇게 불길 속에서 아버지를 구하려고 했는데……. 이상하다고 생각했어요. 살아계셨더라면 아무리 아파도 중환자실에 있는 나를 보러 오실 아버지인데 말이에요."

어머니는 아들을 달랬다.

"돌아가신 아버지께서 네 이름으로 붓던 적금통장을 소방관아저씨들이 찾아주셨어. 네 공부 뒷바라지하려고 만든 통장인 것 같은데……. 이제는 네가 치료를 잘 받아 빨리 낫는 것만 생각해야 해."

아들은 다시 서럽게 울면서 말했다.

"아버지께 아무 것도 해 드린 게 없는데……. 빨리 나아서 아버지 산소에 가보고 싶어요. 할머니와 동생 산소에도 가보고요."

아들은 열심히 재활운동에 나섰다. 어머니는 아들이 예전에 갖

고 싶어 했던 운동화를 사왔다. 어머니는 아들의 발을 잡고 운동
화를 신겨 주면서 잘려나간 발가락 부위를 만지며 눈물지었다. 아
들은 짐짓 태연한 표정을 지었다.

아들은 믿었다. 아버지는 가물거리는 의식 저편에 소중하고 용
감한 아들의 정을 간직하고 떠났을 것이라고……. 아버지가 하늘
나라에서 자신을 지켜보고 있을 것이라고……. 아버지의 넋은 어
린 아들이 목숨을 걸고 불길 속으로 뛰어들어 내민 듬직한 어깨
를 기억하면서 가족이 이 세상에서 날개를 활짝 펼칠 수 있도록
하는 바람개비가 될 것이라고…….

# 39

# 삶의 무게

아버지! 벌써부터 가슴이 뭉클해집니다.

언제나 우리에게 바라지도 않고 베풀어주시는 아버지! 그런 아버지가 제 아버지란 게 자랑스럽습니다.

어릴 적엔 아버지의 존재가 귀찮게 느껴지고 돈 벌어다 주는 그런 존재로만 생각이 되었던 적이 있었습니다. '막노동'이라는 아버지 직업을 밝히기 부끄러워 항상 집 근처의 아버지 일하시는 곳을 숨죽여 가면서 지나다녔죠.

혹시 친구들이랑 가고 있는데 아버지가 아는 척하면 어쩌나?

'왜 우리 아버지는 넥타이 메고 출근하지 않을까?' 하고 생각하면서 그런 친구들의 아버지를 볼 때에는 나도 모르게 작아지곤 했습니다. 그러면서 조금씩 아버지를 무시하는 마음이 들곤 했습니다.

집 한 채 없이 어렵게 살아가는 우리 집 형편을 보면서 너무 원망스러웠습니다.

아버지! 그러나 이제는 아닙니다.

아버지! 저도 이렇게 자라서 군대를 다녀왔습니다. 저는 참 다행이고 행복한 존재라는 생각이 듭니다. 아버지와 함께 소주잔을 기울이며 아버지의 사랑과 마음을 느낄 수 있습니다. 제 성장 과정의 이야기와 진솔한 아버지의 생각을 함께 나누며 아버지라는 위치의 어려움과 고충을 그나마 이해할 수 있는 계기도 되었습니다.

이제는 아버지의 그 자리가 얼마나 힘들고 외롭고 버거운 자리인지 아주 조금은 알 수가 있을 것 같습니다. 겉으로 내색은 하지 않으시지만 저는 알고 있습니다. 아버지라는 위치의 무게가 얼마나 무겁다는 것을……

아버지의 무겁기만 한 발걸음은 삶의 힘겨움 때문입니다. 아버지의 꾸부정해진 허리는 삶의 무게를 이기지 못해서입니다. 아버지의 이마에 하나 둘 늘어나는 골은 인고의 세월의 상징입니다.

요즘 들어 많이 힘든 아버지를 뵈면서 안마 한 번 제대로 못해 드렸습니다.

아버지! 오늘도 땀을 비 오듯이 흘리고 계시겠죠. 전 아버지의 그런 모습이 세상에서 제일 진실해 보입니다. 없는 살림에 자식들을 곧게 바르게 인도하신 우리 아버지!

아버지는 허리 펴고 자신의 하늘 한번 쳐다보지 않고 구부정한 허리로 자신의 그늘 아래만 굽어 보셨습니다.

　오늘도 아버지의 그늘 아래서 당신의 사랑을 먹으면서 성장하고 있습니다.

　이제 아버지의 무거운 짐을 제가 다 덜어줄 수는 없지만 진실한 후원자가 되겠습니다.

　아버지 정말 사랑합니다.

# 40

# 팔씨름





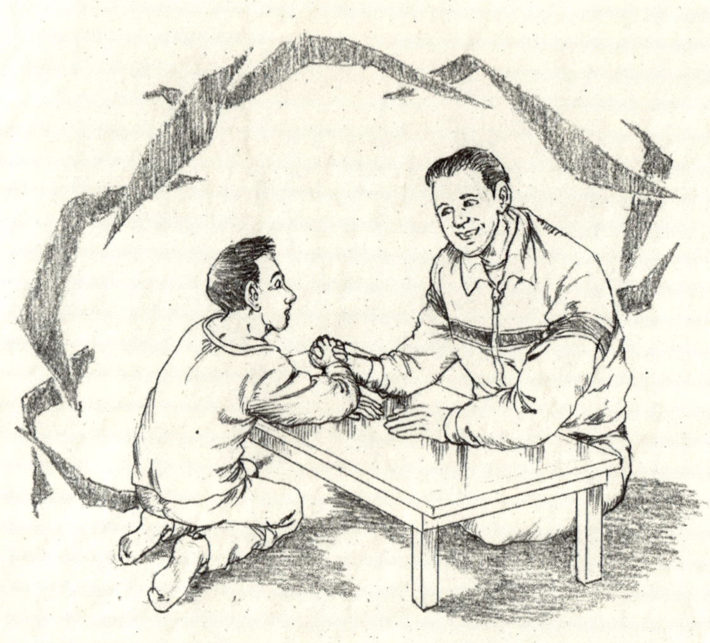

　고등학생인 아들은 학교에서 반 친구들과의 팔씨름에서 거의 이기지 못할 만큼 약했다. 그래서 자존심이 상한 아들은 두 달째 운동을 하고 있다.

　어느 날 아들은 아버지에게 팔씨름을 한 번 해보자고 제안했다. 아버지도 흔쾌히 응하게 되었다.

　그런데 이게 웬 일인가?

　아들에게 거대한 산처럼 여겨지던 아버지가 졌다.

　아들은 멍하면서도 한편으로는 '그동안 운동을 열심히 한 보람이 있구나'하는 생각에 기분이 좋았다.

　아버지도 어이없어 하면서도 대견스러운 듯이 웃으면서 말했다.

　"이 녀석, 힘이 많이 세졌구나! 이젠 어른이 다 되었어."

　그리고 한 달 후 추석 명절에 온 가족이 다 보는 앞에서 아들은 또다시 아버지와 팔씨름을 하여 이겼다.

　아들이 무심코 고개를 들자 무안하고 겸연쩍어 하는 아버지의 얼굴 표정을 보게 되었다.

'이제 자식에게까지 힘이 부칠 정도가 되었구나' 하고 말하는 것 같은 아버지의 눈을 보았다.

아들은 '어 이게 아닌데……' 하는 생각이 들었다.

마음속으로는 다시 팔씨름을 하여 아버지에게 져 주고 싶었다. 그래서 아버지는 아직도 젊고 강하다고 말해 주고 싶었다. 그날 이후로 아들은 다시는 아버지께 팔씨름을 하자고 말하지 않았다.

그리고 10년이라는 세월이 흘렀다.

아들이 자고 있는 아버지 옆에 앉아 아버지의 팔뚝을 바라보고 있다. 어떤 큰 물건도 들 수 있고, 어떤 큰 나무도 쓰러트릴 것 같은 강하고 단단하던 팔뚝이 고무처럼 축 처져 있었다.

아들이 생각에 잠기며 주먹을 불끈 쥐어본다.

'오랜 세월을 지내오면서 아버지는 자신의 팔뚝을 희생해 가면서 가족을 지켜왔겠지. 이젠 내가 아버지를 대신해서 가족을 지켜야지.'

자존심을 세워주고 명령하는 일을 덜 했어야 하는데…

그림을 같이 그리고 공놀이를 같이 했어야 하는데…

'더 많이 알아야 한다'고 하지 않고 '더 많은 관심을 가져라'고
했어야 하는데…

푸른 들판을 가로지르며 자전거를 같이 타야 했는데…

연도 같이 날리며 푸른 하늘도 같이 쳐다보아야 했는데…

직접 장미 한 송이와 유행하는 노래 테이프를 사 주었어야 하
는데…

같이 많은 여행과 등산과 낚시를 했어야 하는데…

목욕을 하며 서로 등을 밀어주었어야 하는데…

들판에서 자라는 잡초와 꽃을 바라보게 했어야 하는데…

밤하늘의 별들을 오랫동안 쳐다보게 했어야 하는데…

꾸중과 질책보다는 더 많이 껴안으면서 격려했어야 하는데…

텃밭에 같이 채소를 심고 바닷가에서 조개를 주워야 했는데…

아이가 미소를 짓고 대화를 하고자 할 때 적극적인 반응과 관

심을 보냈어야 하는데…

사랑의 힘을 발휘하면서 아이와 하나가 되려고 더 많이 노력했

어야 하는데…

# 41

# 눈치 보지 마세요

아버지는 아내와 사별하고 혼자 지내고 있었다. 신혼인 아들 부부는 분가하여 사는데 어느 날 아들이 아내에게 "혼자 사시는 아버님을 모시자"고 제안을 하자 아내는 "형님도 계시는데 왜 우리가 모셔야 해요. 당신 월급도 얼마 되지 않고 나도 임신을 했는데……." 하면서 반대했다. 그 후 아들 부부는 다툼이 잦아졌다.

술을 마시고 들어온 남편이 눈물을 흘리며 아내에게 말했다.

"어릴 때 아버지와 함께 길을 건너고 있었는데 건널목 앞에서 미처 정차하지 못한 택시에 내가 받힐 뻔했어. 그러자 나를 아버지께서 급히 밀치는 과정에서 나 대신 부딪혀 발이 골절 되셨어. 지금 아버지 다리에는 철심이 박혀 있어 날씨가 흐리면 다리가 저려 오는 거야. 그 몸으로 갖은 일을 다 하시면서 우리 형제를 대학까지 보내신 거야. 그때 공사판에서 하도 막노동을 많이 하셔서 시멘트 독이 올라 지금도 겨울만 되면 손이 갈라져 고생하고 계셔. 형님께서 모시면 좋겠지만 형수가 하도 반대를 해서……."

아내는 남편의 말을 듣고 아버지를 모셔오는데 동의했다. 아버지는 처음에는 가지 않겠다고 했지만 아들 부부는 그런 아버지를 극구 설득했다.

아버지는 항상 미안한 표정을 지으면서 며느리가 맛있는 반찬을 해드리면 잘 드시지 않고 임신한 며느리와 아들이 들도록 했고 며느리가 몇 번이나 말렸지만 걸레질로 집안 청소도 깔끔하게 하셨다.

아버지는 아침에 나가서 저녁 무렵 들어오셨다. 인근 산이나 노인정에 가시나 보다 하고 생각하면서 용돈을 드리려고 해도 받지 않으시고 웃음으로 대신했다.

며칠 뒤 며느리가 장에서 만난 이웃집 아주머니로부터 "이 집 할아버지 조금 전에 유모차에 박스 실어서 가던데……"라는 말을 듣고 깜짝 놀라며 눈물이 핑 돌았다.

바로 어제 아버지께서 가져오신 과일과 과자를 어떻게 벌어서 사 오신 것인지 알게 되었다. 아마도 아들에게 변변한 재산도 물려주지 못한 상태에서 아들집에 의탁하는 것이 마음에 걸리셨는지 박스를 주우러 밖으로 나가신 것이었다.

며느리는 주변 동네를 뛰어다니며 아버지를 찾았다. 한참 만에 유모차를 끌고 있는 아버지를 찾은 며느리에게 아버지는 "괜히 너희들 창피하게 한 것 같아 미안하다"고 했다.

며느리는 아버지의 손을 꼭 잡고 펑펑 눈물을 흘렸다.

"아버님, 정말 죄송해요. 제 눈치 보지 마시고 편하게 지내세요.
아버님, 사랑해요. 건강하게 오래오래 사셔야 해요."

# 42

# 안경

아버지는 직업 군인 출신으로 4남 1녀를 낳아 나름대로 열심히 뒷바라지를 했다. 집안의 가장으로서 자신감에 넘쳤으며 흐트러짐이 없었다. 아버지는 박봉에도 불구하고 자식들을 뒷바라지하며 성실히 키웠다. 자식들은 사회의 일원으로 열심히 활동하며 분가하여 여러 지역에서 살고 있었다.

이제 아버지는 나이가 들어 가난한 형편에 아내와 단둘이 오순도순 여생을 보내고 있었다. 팔순이 넘은 나이에도 운동을 하며 누구보다도 건강을 자신하던 아버지. 그런 아버지가 갑자기 복통을 일으키면서 피를 토하여 병원 응급실로 실려 갔다. 여러 검사를 마치고 난 다음에 입원실로 옮기고 나서 의사는 자식들에게 연락하여 오게 하였다. 자식들이 도착하자 의사가 말했다.

"간암 말기입니다. 앞으로 6개월 정도 남았습니다."

아버지에게는 위에 염증이 생긴 것으로 말해 두었다.

얼마 후 병원에서 퇴원을 종용하여 집으로 옮기게 하였다. 아버지는 병이 나아서 집으로 가는 줄 알았다.

가족들이 번갈아 가면서 집에 들러 간호에 나섰다. 어떤 어려운 일이 있더라도 내색을 하지 않던 아버지. 그렇게 강인하던 아버지가 어린아이처럼 순진하면서도 여리게 보이는 것이 자식들의 마음을 아프게 했다.

하루는 작은 아들이 모처럼 아버지를 모시고 저녁 외식을 위해 운전을 하는 중이었다. 아버지는 갑자기 뒷좌석에서 어깨 너머로 아들이 끼고 있는 안경을 보고 "너는 안경 도수가 얼마냐" 하고 물었다. 아들은 '예 제 안경은 근시용인데요. 왜 그러세요?" 잠시 후 음식점에 도착하여 자리에 앉은 후 아버지는 아들의 안경을 벗게 하여 자신이 끼어 보고는 환한 표정을 지으며 말했다.

"야 정말 잘 보이는구나. 내가 끼고 있는 돋보기가 원체 잘 보이지 않아서 불편했는데……. 세상이 다 보이는 것 같다."

"무슨 말씀을 하시는지……. 아버지 제 안경은 근시이고요 아버지는 맞지 않아요."

"어쨌든 그 안경이 내 안경보다 잘 보여."

아들은 아버지를 모시고 안경점에 가서 시력 검사를 했다. 그런데 이게 웬일인가? 아버지는 팔순의 나이에도 불구하고 근시였던 것이다. 아들은 속으로 한없이 눈물을 흘리며 반성을 했다.

‘아! 그동안 아버지의 시력도 모르고 지냈다니…….’

아버지는 자녀들의 뒷바라지를 위하여 본인의 안경도 제대로 맞추어 끼지 않고 지하철역 노점에서 싸구려 돋보기안경을 구입하여 오랫동안 계속 끼고 있었던 것이다.’

안경점에서 아버지에게 안경을 맞추어 드리자 아버지는 그렇게 기뻐할 수 없었다.

아버지는 그 안경을 애지중지하였다. 하루는 아버지께서 마당을 산책하다가 갑자기 어지러워 넘어지면서 제일 먼저 손으로 안경을 붙잡았다. 코에 상처가 나 피가 흘렀다. 다행히 안경은 멀쩡했다.

그 후 다시 병원에 입원하였다.

입원실 침대 위에 손이 닿은 사물함에는 항상 안경과 하루에 한번 벨이 울릴까 말까하는 휴대폰이 놓여 있었다.

안경을 하루에도 여러 번 꺼내어 닦고, 혹시 연락 올지 모를 자녀들의 벨소리를 기다리며 휴대폰을 만지작거렸다.

아버지는 얼마 후 세상을 떠났다. 직업 군인으로 국가유공자인 아버지의 유해는 화장하여 유골을 이천 호국원에 안장하게 되었고, 유골함에는 그렇게 애지중지했던 안경과 휴대폰이 들어 있었다.

# 43

# 칠순 축의금

딸은 읍내에서 보건전문대를 졸업하고 증권회사에 다니는 친구 오빠의 강력한 구애를 받았다. 집에서는 평소에도 알고 지내던 딸 친구의 오빠이자 번듯한 직장을 가지고 있는지라 결혼을 서둘러 성사시켰다.

딸은 결혼하여 서울로 올라왔다. 남편은 성실한 자세로 회사 생활을 하여 순조롭게 진급도 했다. 서울에서 꽤 넓은 단독주택도 마련했다. 인생이 순풍에 돛단 듯 나아갔다.

남편은 지점장이 되었다. 그러나 실적 경쟁에 시달려야 했다. 이리저리 고객을 유치하기 위하여 일정한 수익을 보장하면서 무리한 영업 방식에 뛰어들었다.

주가가 폭락하자 난리가 났다. 고객의 아우성이 말이 아니었다. 고객들은 약정한 영업 방식에 대하여 본사에 알리겠다고 했다. 남편은 어떻게 해서든지 회사에 남아야만 했다.

이리저리 돈을 빌리고 급기야 살던 집까지 팔아서 고객이 손실

한 돈을 물어주었다. 반지하 월세로 이사를 해야만 했다. 딸은 이와 같은 상황을 친정에 일절 알리지 않았다.

시골에 계신 친정아버지가 친구 딸 결혼식에 참석하기 위해 서울에 올라왔다. 아버지는 좋은 단독주택에 살고 있을 딸을 자랑하기 위하여 같이 간 친구들과 함께 딸집에 가기로 마음먹었다. 딸에게 연락하자 딸이 얼버무리면서 이사했다고 말했다. 아버지는 이제 더욱 좋은 집으로 이사를 했겠지 생각하고 딸이 가르쳐 준 주소로 택시를 타고 갔다.

택시에서 내린 아버지와 아버지의 친구들. 딸이 집 근처에 마중 나와 있었다.





반지하의 집. 아버지는 그 자리에서 털썩 주저앉았다. 자초지종을 들은 아버지는 아무 말 없이 시골집으로 내려갔다.

몇 달 뒤 아버지의 칠순 잔치가 시골에서 열렸다. 시골에 내려간 딸. 칠순 잔치를 마치고 집으로 돌아온 딸이 가방을 정리하자 가방 바닥에 두둑한 봉투가 들어있었다. 꽤 많은 돈이었다. 그리고 그 봉투 겉면에는 꾸불꾸불한 글씨로 쓴 아버지의 메모가 있었다.

'사랑하는 내 딸. 칠순 잔치에 들어온 돈 전부다. 어서 빨리 집 마련하도록 해라.'

딸은 이 봉투를 보는 순간 흐느껴 울었다. 딸은 다음날부터 구직 광고를 샅샅이 뒤지면서 취업전선에 나섰다.

마침 동네 치과에서 상담간호사를 구하는지라 보건전문대를 졸업한 딸이 원장을 만나 면접을 보고 취업하였다. 딸은 그동안의 인생 경험과 친화력을 가지고 열심히 상담에 임하여 치과병원 수익에 커다란 기여를 하였다. 여기저기에서 스카우트 제의가 있었지만 자신을 믿어주는 최초의 병원에서 열심히 근무했다.

남편도 다른 지점에 지점장으로 근무하면서 무리한 영업을 지양하고 노력하여 살림살이도 훨씬 나아졌다.

부부는 서울 인근 도시에 소형 아파트를 샀다. 딸은 시골에 계신 친정 부모님을 초청하여 식사를 하면서 감사의 말을 꺼냈다.

"아버지께서 칠순 축의금을 제 가방에 넣어주신 그 뜻을 가슴에 새기고 열심히 생활하고 있습니다. 아버지의 정성이 열매를 맺어 집을 마련하였어요. 아버지 어머니 앞으로도 더욱 열심히 행복하게 살게요. 아버지 어머니 건강하게 오래 오래 사세요."

# 44

# 아버지 100원만……

아버지!

　며칠 전 대중목욕탕에 갔습니다. 40대의 아들이 70대 아버지의 덥수룩한 수염을 면도하고 있었습니다. 그 아버지는 다리가 불편한 듯 알루미늄으로 만든 의료 보조기구를 짚고 있었습니다. 병원에서 막 퇴원하여 목욕탕으로 온 것 같았습니다. 그 모습을 보면서 '아버지께서 살아계셨으면 나도 아버지와 함께 목욕탕에 다니면서 아버지의 등을 밀어드리고 면도도 해드렸을 텐데……' 하는 생각에 마음이 울컥했습니다.

　목욕탕을 나오면서 구두를 닦은 값으로 3,000원을 지불했습니다. 순간 살아생전의 아버지와의 추억이 떠올랐습니다.

　40여 년 전, 집에서 아버지의 구두를 닦던 생각이 났습니다. 아버지 구두 안에 한 쪽 손을 집어넣고 솔에 구두약들 묻혀 퉤, 퉤 침을 튀겨가면서 제 나름대로는 열심히 아버지의 구두를 닦았지요. 나중에는 마른 천으로 쓱쓱 문질러 광을 내보지만 구두 닦는 사람들이 닦은 구두에 비하면 광이 형편없었습니다.

하지만 아버지는 흐뭇한 미소를 지으며 기분 좋게 구두를 신으셨습니다. 이때 저는 출근하시는 아버지에게 현관에서 손을 내밀었습니다.

"아버지 100원만……." 그러면 아버지는 기분 좋은 얼굴로 300원쯤 주고 가셨습니다.

아버지께서 돌아가시고 난 6개월 후에 군대를 제대했습니다. 군대에서 익힌 군화 닦는 솜씨로 아버지의 구두에 한껏 광을 내보이고 싶었습니다.

저도 이젠 나이가 들어버렸지만 예전처럼 가끔은 아버지 구두를 닦고 현관 앞에 서 있고 싶답니다. 아버지의 기분 좋은 얼굴과 함께 흐뭇한 미소를 지으시는 모습을 보고 싶어서 말입니다.

언젠가 하늘나라에서 아버지를 만나면 아버지가 신고 계실 구두에 반짝반짝 광을 내드리도록 하지요. 아버지 구두를 닦던 그날, 빛났던 것은 구두도 돈도 아니었습니다. 비록 엉성하게 구두를 닦았지만 자식에 대한 아버지의 사랑이었음을 한참 후에야 알았습니다.

아버지! 제가 어렸을 때는 아버지는 이런 사람인 줄 알았습니다.

아버지의 어깨는 산처럼 높아 보였고 이 세상에서 가장 강한 사람인 줄 알았습니다. 아버지는 아무리 깊고 험한 길을 걸어가도 조금도 두려워하지 않는 줄 알았습니다. 아버지는 고민이 없는 분인 줄 알았습니다. 아버지는 울지 않는 줄 알았습니다.

아버지는 항상 돈을 가지고 계신 줄 알았습니다. 아버지는 배가 빨리 불러와 좋은 음식 앞에서 먼저 일어나시는 줄 알았습니다.

아버지께서는 편안하게 쉬시는 것을 좋아하지 않는 줄 알았습니다. 아버지께서는 돈 버는 일을 하기 싫을 때가 없이 마냥 좋아하는 줄 알았습니다.

아버지께서는 우리 형제들이 잘못을 저지르거나 시험 성적이 나쁠 때 "괜찮아, 괜찮아" 하실 때 정말로 괜찮다고 생각하는 줄 알았습니다.

하지만 제가 아버지가 되고 보니 그게 아니었습니다.

아버지는 침묵과 고단함을 자신의 베게로 삼은 분입니다. 정작 아버지께서 옷걸이에 걸고 싶은 것은 양복 상의가 아니라 어깨를 누르고 있는 무거운 짐임을 알았습니다.

아버지는 겉으로는 태연해 하거나 자신만만해 했지만 속으로는 여러 걱정으로 어려움을 겪은 분입니다.

아버지께서는 한 번도 자식들에게 잔소리나 매를 든 적이 없으셨지요. 저도 자식을 키우면서 이렇게 하는 것이 얼마만한 인내를 필요로 한 것인지를 뼈저리게 느끼고 있습니다.

아버지는 세월이 흘러도 가슴에 하나의 뜨거움으로 다가옵니다.

한 학교에서 운동장 둘레의 울타리를 철거했다. 울타리가 아이들에게 정신적으로 구속감을 줄 것이라고 생각했기 때문이다.

그런데 울타리를 철거한 이후 이상한 현상이 벌어졌다. 학생들이 바깥과 학 트인 운동장을 보다 넓게 사용하는 것이 아니었다. 울타리가 있을 때에는 학생들이 운동장 전체에 흩어져 놀았는데 울타리를 철거한 뒤에는 운동장 가운데에 모여 노는 것이었다. 울타리가 없어지자 아이들은 운동장의 활동 범위를 좁혀 자기들끼리 모여 서로 의지한 것이다.

아이들에게 있어서 울타리는 구속감이 아니라 안정감을 준다는 것이 증명된 것이다. 아이를 구속하지 않고 자유롭게 하며 사랑으로 그들을 가르치는 것은 좋은 교육이다. 여기에 더하여 아버지의 훈계와 조언, 가정의 규율, 사회 공중도덕 등의 울타리는 아이들의 정서 안정과 성장에 도움이 된다.

'사랑의 채찍'이라는 말이 있듯이 아이들에게는 울타리가 필요하다. 아버지는 아이의 울타리가 되어야 한다.

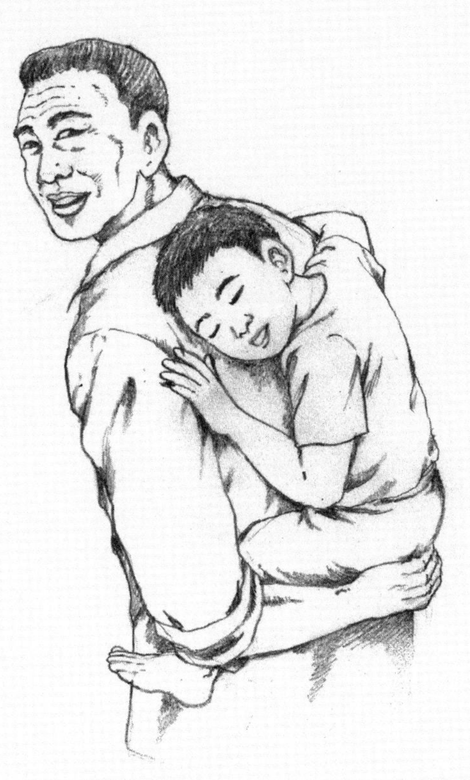

# 아버지는 늘 두 번째였죠

**초판 1쇄 발행**  2011년 5월 16일
**2쇄 발행**  2011년 5월 27일

**지은이**  윤문원
**펴낸이**  변선욱
**펴낸곳**  왕의서재
**마케팅**  변창욱
**디자인**  출판iN  02-6014-7810

**출판등록**  2008년 7월 25일 제313-2008-120호
**주소**  서울특별시 서대문구 합동 116 SK리첸블 1311호
**전화**  02-3142-8004
**팩스**  02-3142-8011
**이메일**  latentman75@gmail.com

**필름출력**  스크린그래픽센터
**인쇄·제본**  삼조인쇄(주)

ISBN  978-89-93949-42-1  (03800)

책값은 표지 뒤쪽에 있습니다.
파본은 본사와 구입하신 서점에서 교환해드립니다.